KB244469

이상한 나라의 앨리스

세계문학산책 19
이상한 나라의 앨리스

지은이 **루이스 캐럴**
옮긴이 **붉은여우**
펴낸이 **안용백**
펴낸곳 **(주)넥서스**

초판 1쇄 인쇄 2013년 4월 20일
초판 1쇄 발행 2013년 4월 30일

출판신고 1992년 4월 3일 제311-2002-2호
121-840 서울시 마포구 서교동 394-2
Tel (02)330-5500 Fax (02)330-5555

ISBN 978-89-6790-137-0 04800

출판사의 허락없이 내용의 일부를
인용하거나 발췌하는 것을 금합니다.

가격은 뒤표지에 있습니다.
잘못 만들어진 책은 구입처에서 바꾸어 드립니다.

www.nexusbook.com
지식의 숲은 (주)넥서스의 인문교양 브랜드입니다.

세계문학산책 19

루이스 캐럴

이상한 나라의 앨리스

붉은여우 옮김   김욱동 해설

지식의숲

차 례

1. 토끼 굴로 떨어지다

앨리스는 언덕 위에서 책을 보고 있는 언니 곁에서 아무 하는 일 없이 앉아 있는 것이 슬슬 지겨워지기 시작했다. 언니가 읽는 책을 한두 번 힐끔 훔쳐보기도 했지만 그림 하나, 대화 한 줄 보이지 않는 그 책에 도통 구미가 당기지 않았다.

'그림 하나 대화 한마디 없는 저런 따분한 책을 왜 보는 걸까?'

그래서 앨리스는 데이지꽃을 꺾어 목걸이나 만들어 볼까 하는 생각을 해 보았다.(그럴 만도 한 것이, 날씨까지 어찌나 덥던지 졸음이 쏟아지고 머릿속은 텅 비어 멍해지고 있었기 때문이다.) 자리를 털고 일어나 꽃을 꺾으러 돌아다니는 것이 귀찮기는 했지만

데이지꽃을 꿰어 목에 거는 일은 그런 대로 근사한 일인 것 같았다. 그런데 바로 그 순간 빨간 눈에 털이 새하얀 토끼 한 마리가 앨리스의 코앞을 스쳐 지나갔다.

그깟 토끼 한 마리 지나간 것이 무슨 대수일까? 그래서 토끼가 혼잣말로 "이를 어째? 큰일 났네! 이러다간 늦겠는걸!" 하고 중얼대는 소리를 들었을 때도 앨리스는 이를 터무니없는 일이라고 생각하지 않았다.(나중에 생각해 보니 놀라지 않은 게 이상한 일이었으나, 그 당시에는 무척 자연스런 일로 느껴졌다.) 그런데 토끼가 조끼 주머니에서 회중시계를 꺼내 들여다보고는 서둘러 달려가기 시작하자, 앨리스는 자리에서 벌떡 일어났다. 도대체 토끼라는 족속이 조끼를 입고서 호수머니에서 시계를 꺼내 본다는 게 어디 가당키나 한 일이냐는 생각이 불현듯 들었던 것이다. 앨리스는 치미는 호기심을 억누를 수 없었다. 그래서 들판을 가로질러 토끼의 뒤를 부리나케 쫓아갔다. 마침 산울타리 아래 커다란 토끼 굴로 폴짝 뛰어 들어가는 토끼의 모습을 볼 수 있었다.

앨리스는 아무런 망설임 없이 토끼의 뒤를 따라 굴로 들어섰다. 앨리스에게는 어떻게 다시 굴 밖으로 나올 것인가를 생각할 겨를이 없었다.

얼마를 갔을까? 기차 터널처럼 반듯하게 뚫려 있는 것 같던

토끼 굴이 갑자기 밑으로 쑥 꺼졌다. 너무 갑작스러운 데다 경사가 아주 가팔라서 멈춰 서야 한다는 생각을 할 틈도 없이 앨리스의 몸은 허공에 뜬 채로 깊고 깊은 우물 같은 구덩이 속으로 떨어지고 있었다.

구덩이가 한없이 깊은 것인지, 아니면 그녀의 몸이 아주아주 천천히 떨어지고 있는 것인지는 몰라도 주위를 두리번거릴 여유와 함께 앞으로 닥칠 일을 염려할 만큼 충분한 시간이 있었다. 우선 밑을 내려다보며 저 아래에서 무엇이 자신을 기다리고 있을지 살펴보려 했으나, 아래는 그야말로 깜깜절벽이었다. 그래서 떨어지고 있는 구덩이의 벽을 살펴보았는데 그 벽면은 온통 찬장과 책장으로 꽉 들어차 있었다. 여기저기에 지도나 그림 따위가 못에 걸려 있는 것도 볼 수 있었다.

앨리스는 신기해서 선반 위에 놓여 있는 항아리 하나를 냉큼 낚아채 보았다. 앨리스가 무척이나 좋아하는 '오렌지 마멀레이드'라는 라벨이 붙어 있었지만 실망스럽게도 항아리는 텅 비어 있었다. 그래도 그녀는 항아리를 던져 버리지 못했다. 혹시 저 아래에 누군가가 있다면 그 사람의 목숨을 끊어 버릴 수도 있기 때문이었다. 그녀는 정신없이 떨어지는 와중에도 그것을 어느 선반 위에 가까스로 올려놓았다.

"그렇지!"

앨리스의 머릿속에 이런 생각이 스치고 지나갔다.

"이렇게 한 번 떨어져 봤으니 계단에서 구르는 것쯤은 겁나지 않겠지? 식구들이 이걸 알면 날 얼마나 용감하다고 할까! 이제부터 난 입도 뻥긋하지 않을 거야. 지붕 꼭대기에서 떨어진다고 해도 말이야!"(이건 정말 그럴듯한 이야기였다.)

앨리스는 밑으로 끝도 없이 떨어졌다. 도대체 끝은 어디란 말인가?

"지금까지 몇 마일이나 떨어져 내려온 걸까?"

앨리스가 큰 소리로 말했다.

"아마 지구 한가운데쯤인 게 틀림없어. 지구 반지름이 4천 마일쯤 된다고 했으니까……(심삭했겠지만 앨리스는 과학 시간에 이런 것들을 배운 적이 있었다. 지금은 아무도 들어 줄 사람이 없어 자신의 지식을 자랑하기엔 그다지 좋은 기회는 아니었지만, 그래도 이렇게 되풀이해서 말해 보는 것도 훌륭한 공부라는 생각이 들었다.) 그래, 그 정도 거리쯤 될 거야. 그렇다면 위도나 경도는 어떻게 될까?"(사실 앨리스는 위도나 경도에 대해서 별로 아는 것이 없었지만 막상 입으로 발음해 보니 아주 멋진 단어라는 생각이 들었다.)

앨리스는 계속 중얼거렸다.

"이렇게 가다간 지구를 뚫고 나가게 될 거야! 머리를 아래로 향한 채 걷고 있는 사람들 사이로 내가 불쑥 나타나면 얼마나 재미있을까! 그러니까 거기를 유식한 말로 대척점이라고 하지, 아마?(앨리스는 이번엔 아무도 듣지 않아 다행이라고 생각했다. 자기가 생각해도 괴상한 단어였기 때문이다.) 하지만 그곳이 어느 나라인지는 물어봐야지. '저 아주머니, 말씀 좀 여쭙겠는데요, 여기가 뉴질랜드인가요 아니면 오스트레일리아인가요?'(앨리스는 이렇게 말하면서 왼쪽 발을 뒤로 빼고 무릎을 굽혀 정중히 절을 했다. 허공으로 떨어지면서도 이렇게 예의를 갖춰 절을 하다니! 여러분이라면 그럴 수 있을 것 같아요?) 그런 걸 묻는다면 그 아줌마는 날 얼마나 무식한 꼬마 계집아이라고 생각할까? 아냐, 절대로 물어보면 안 돼. 어딘가에 틀림없이 어느 나라인지 쓰여 있을 거야."

그저 허공으로 자꾸만 자꾸만 떨어지고 있을 뿐 앨리스는 별로 할 일이 없어 다시 중얼거리기 시작했다.

"다이너가 오늘 밤에 날 무척 찾을 거야. 내가 왜 미처 그 생각을 못했지?(다이너는 그녀가 키우는 고양이였다.) 차 마시는 시간에 누군가 우유를 꼭 챙겨 줘야 할 텐데. 귀여운 다이너, 지금 네가 내 옆에 있다면 얼마나 좋겠니? 이런, 허공엔 쥐가 없잖아! 그렇지, 박쥐는 있을 거야. 박쥐는 쥐를 거의 빼다 박았거든. 하지만 고양이가 박쥐를 먹을지 모르겠어……."

그런데 이런 상황에서도 앨리스는 졸기 시작했다. 앨리스는 마치 잠꼬대를 하듯이 계속해서 중얼거렸다.

"고양이가 박쥐를 먹을까? 고양이가 박쥐를 먹을까?"

그러다가는 가끔씩 이렇게도 주절대었다.

"박쥐가 고양이를 먹을까? 박쥐가 고양이를 먹을까?"

어차피 그 어느 쪽 질문에도 대답할 수 있는 상황이 아니어서, 어떻게 중얼대든 상관없는 일이었다. 어느덧 잠에 빠져든 그녀는 꿈속에서 다이너와 손을 마주 잡고 다정하게 이야기하고 있었다.

"다이너야, 솔직히 말해 봐! 너 박쥐 먹어 본 적 있어, 없어?"

바로 그 순간 앨리스는 '쿵'소리를 내며 마른 풀과 나뭇가지가 수북이 쌓인 더미 위에 엉덩방아를 찧었다. 이제야 떨어져 내려오는 동굴 여행도 끝이 난 보양이었다.

털끝만큼도 다친 데가 없다는 걸 깨달은 앨리스는 벌떡 일어나 사방을 두리번거렸다. 고개를 젖혀 머리 위를 쳐다보니 거기는 칠흑 같은 어둠뿐이어서 아무것도 보이지 않았다. 앞쪽을 쳐다보니 또 다른 길이 기다랗게 나 있었다. 저 멀리 하얀 토끼가 두 귀를 나풀거리며 허둥지둥 뛰어 내려가는 모습이 눈에 들어왔다. 망설일 시간이 없었다. 앨리스는 바람처럼 토끼 뒤를 쫓아갔다. 그때 길모퉁이를 막 돌아서며 토끼가 혼잣말하는 소리가 들렸다.

"빌어먹을, 요놈의 귀, 요놈의 수염. 너무 늦어서 큰일 났는

걸."

앨리스는 토끼의 뒤를 바짝 쫓아 모퉁이를 돌아섰다. 그런데 이게 웬일인가! 토끼의 모습은 온데간데없고 어느새 앨리스는 천장이 낮은 기다란 홀 안에 홀로 서 있었다. 천장에 일렬로 매달린 램프 빛이 홀을 환히 비추고 있었다.

사방에는 문이 있었지만 한결같이 다 잠겨 있었다. 앨리스는 홀을 왔다 갔다 하며 문을 일일이 열어 보려고 애썼지만 소용이 없었다. 그녀는 홀 한가운데로 가면서 슬슬 걱정이 되기 시작했다.

"도대체 여기를 어떻게 빠져나간담?"

문득 다리가 세 개 달린 탁자가 눈에 들어왔다. 온통 단단한 유리로 만들어진 탁자였다. 탁자 위에는 자그마한 황금 열쇠 하나가 달랑 놓여 있었다. 열쇠를 본 순간 앨리스는 그것으로 어느 문인가는 열 수 있을 것이라고 생각했다. 그러나 아쉽게도, 자물쇠가 너무 큰 것인지 열쇠가 너무 작은 것인지 도무지 제짝을 찾을 수가 없었다. 그래도 아쉬움이 남아 다시 한 번 이 문 저 문 돌아가며 열쇠와 자물쇠를 맞춰 보는데, 아까는 그냥 지나쳐 보지 못한 낮게 드리워진 커튼이 눈에 띄었다. 커튼을 들추자 높이가 40센티미터 정도 되는 자그마한 문이 나타났다. 혹시나 하는 생각으로 황금 열쇠를 자물쇠에 꽂으니 세상에, 꼭 맞는 게 아닌가!

문을 열어 보니 쥐구멍만한 구멍이 조그맣게 나 있었다. 무릎을 꿇고 그 구멍을 들여다보니 이제껏 한 번도 본 적이 없는 아름다운 정원이 눈앞에 펼쳐져 있었다. 어둠침침한 이 홀을 빠져나가 저 빛나는 꽃밭과 시원한 분수 사이를 거닐 수 있다면 얼마나 좋을까! 그러나 그 구멍으로는 그녀의 머리조차 빠져나갈 수 없었다.

"쳇, 머리가 빠져나간다고 해도 무슨 소용이람……. 그다음엔 어깨가 걸릴 게 아냐……. 내 몸을 망원경처럼 작게 접을 수 있다면 얼마나 좋을까! 어쩌면 좋은 방법이 있을지도 몰라."

하도 믿기지 않는 일들이 연달아 일어나는 통에 앨리스는 어느새 불가능한 일이란 없다고 생각하게 되었다.

작은 문 옆에서 얼쩡거리고 있어 봐야 별 소용이 없을 거라는 데 생각이 미쳤다. 앨리스는 혹시 또 다른 열쇠가 있을지도 모른다는 생각과, 어쩌면 몸을 망원경처럼 줄어들게 하는 방법이 적힌 책이 있을지도 모른다는 기대로 탁자가 있는 곳으로 돌아왔다. 그런데 이번에는 탁자 위에 작은 병 하나가 놓여 있는 게 아닌가!

"아까는 분명히 없었는데……?"

앨리스는 고개를 갸우뚱거리며 중얼거렸다. 그 병의 목 부분에는 커다랗고 예쁘게 인쇄된 꼬리표가 매달려 있었다.

"나를 마셔요!"

이 말이 아주 멋지게 들렸지만 영리한 앨리스는 서두르지 않았다.

"아니지, 우선 먼저 '독극물'이라고 쓰여 있나 살펴볼 필요가 있어."

그녀는 자신을 타이르듯 말했다.

앨리스는 불에 데거나 야수에게 잡아먹히는 따위로 아이들이 봉변을 당하는 이야기를 책에서 많이 읽어서 이미 알고 있었다. 그 아이들은 하나같이 친구들이 명심하라고 일러 줬던 것들을 무시했던 것이다.

가령 빨갛게 달아오른 부지깽이를 너무 오래 잡고 있으면 살이 타 들어간다거나 칼이 손가락에 너무 깊숙이 파고들면 피가 난다거나 하는 경고들이었다. 그중에서도 앨리스가 결코 잊을 수 없었던 것은 병에 '독극물'이라는 딱지가 붙어 있는 액체를 마시면 분명 얼마 안 있어 몸에 탈이 날 거라는 경고였다.

그러나 염려했던 것과 달리 그 작은 병 어디를 살펴봐도 '독극물'이라는 표시는 없었다. 앨리스는 시험 삼아 한번 맛보기로 결심했다. 그런데 그게 기가 막히게 맛이 있었다.(뭐라고 할까. 버찌파이, 커스터드, 파인애플, 사탕, 칠면조구이, 버터를 듬뿍 발라 갓

구워 낸 따끈따끈한 식빵 등을 하나로 몽땅 섞어 놓은 것 같다고나 할까?) 그녀는 병 속의 액체를 단숨에 마셔 버렸다.

“정말 이상한 기분이군!”
앨리스는 중얼거렸다.
“내 몸이 망원경처럼 줄어든 것 같아!”
그것은 정말이었다. 그녀의 키는 잘해야 25센티미터가 될까 말까 하게 줄어들어 있었다. 그 순간 앨리스의 표정이 환하게 밝아졌다. 이제는 아름다운 정원으로 나갈 수 있었다! 하지만 혹시 몸이 더 줄어들지도 모른다는 생각에 잠시 기다려 보았다. 앨리스는 은근히 걱정이 되기 시작했다.
“이러다가 내 몸이 양초처럼 흔적도 없이 사라져 버리는 것은 아닐까? 그러면 나는 어떻게 되는 걸까?”
양초가 다 타고 나면 불꽃이 어떻게 되는지 생각해 보려고 했지만 도대체 그런 걸 본 기억이 없었다.
잠시 기다리던 앨리스는 더 이상 몸에 아무런 일도 일어나지 않자 곧장 정원으로 들어가 보기로 마음먹었다. 그런데 아, 이를 어쩌나! 문에 이르러서야 조그만 황금 열쇠를 탁자 위에 놓고 왔다는 게 생각났다. 탁자가 있는 곳으로 급히 달려온 앨리스는 크게 낙담하고 말았다. 유리를 통해 황금 열쇠가 빤히 보였지만 탁자 위는 이제 그녀에게 까마득히 높은 곳이 되었기 때문이다. 그래도 탁자 다리를 붙잡고 기어오르려 안간힘을 써 봤지만 유리로 된 다리는 너무도 미끄러워 힘만 빠질 뿐이었다. 불쌍한 앨리스는 그 자리에 주저앉아 울음을 터뜨렸다.

"자, 운다고 달라질 건 없어!"

울던 앨리스는 제법 엄한 목소리로 자신을 꾸짖었다.

"내가 너에게 충고하겠는데, 당장 이곳을 떠나!"

가끔씩 앨리스는 자신에게 이렇게 그럴듯한 충고를 하는 버릇이 있는데(물론 그 충고를 따른 적은 거의 없었지만), 어떤 때는 눈물이 쏙 빠지도록 엄하게 자신을 꾸짖는 때도 있었다. 언젠가 혼자서 크로케 놀이를 하다가 자기 생각과 반대로 속임수를 쓰고는 주먹으로 자기 귀를 때리려고 했던 기억이 떠올랐다. 호기심 많은 앨리스는 혼자서 두 사람인 척하는 것을 아주 좋아했다.

"그런데 지금 두 사람인 척하는 게 무슨 소용이람! 내 앞가림도 못하는 주제에!"

그때 앨리스는 문득 탁자 아래에 조그마한 유리 상자가 놓여 있는 것을 보았다. 열어 보니 그 안에는 작은 케이크가 들어 있었다. 케이크 위에는 아주 작은 건포도들로 만든 글씨가 예쁘게 쓰여 있었다.

"나를 먹어 보세요."

"좋아, 먹으라면 못 먹을 줄 알고! 이걸 먹고 키가 쑥쑥 자라면 열쇠를 손에 넣을 수 있을 것이고, 만약 더 작아지면 문틈 사이로 빠져나갈 수 있을 거야. 어쨌든 저 정원으로 빠져나갈 수만 있으면 되는 거 아냐? 그러니까 어떻게 변하든 상관없어!"

앨리스는 조금 먹어 보고는 안절부절못하며 중얼거렸다.

'어느 쪽일까? 커지는 걸까, 작아지는 걸까?'

키가 어떻게 되는지 느껴 보려고 정수리에 손을 얹어 보았지만 놀랍게도 아무런 변화가 없었다. 케이크를 먹으면서 몸에 어떤 변화가 생기길 기다리는 것이 어리석은 일인지도 몰랐다. 하지만 하도 이상한 일이 많이 일어나서 이제는 평범한 일들이 오히려 따분하고 멍청한 일처럼 여겨졌다.

그래서 앨리스는 내친김에 케이크를 마저 먹기로 하고 눈 깜짝할 사이에 깨끗이 먹어 치워 버렸다.

2. 눈물의 웅덩이

"이런, 이런! 뭐야, 뭐야!"

앨리스는 소스라치며 외쳤다.(너무 놀라 제대로 된 단어가 생각 나지 않았던 것이다.)

"이제는 이 세상에서 가장 긴 망원경처럼 내 몸이 늘어나고 있잖아? 잘 가라, 내 발들아!(아래를 내려다보니 두 발이 거의 보이 지 않을 정도로 얼굴과 까마득히 멀어져 있었다.) 아, 가엾은 내 작 은 발들! 이제 누가 너희에게 구두와 양말을 신겨 줄까? 방법이 없잖아! 너희와는 너무나 멀리 떨어져 있어서 이젠 돌봐 줄 수 가 없을 거야. 그러니까 너희끼리 알아서 잘해 봐……. 가만, 발 들한테 잘못 보였다간 낭패일 텐데."

앨리스는 곰곰이 생각해 보았다.

"잘못했다간 저희 가고 싶은 대로 아무 데나 가 버리고 말걸! 옳지, 크리스마스에 새 장화를 사 주는 거야!"

앨리스는 계획을 짜기 시작했다.

"우체부를 시켜 소포로 보내야 되겠지? 자기 발들에게 선물을 보내다니 얼마나 우스꽝스러운 일인지 몰라! 그 주소라는 건 또 얼마나 이상할까!

사랑하는 앨리스 보냄

벽난로 앞 난로 울타리 근처 깔개 위

앨리스의 오른발 귀하

세상에, 말도 안 돼!"

바로 그때 그녀의 머리가 홀 천장에 부딪쳤다. 키가 3미터 가까이 커져 있었던 것이다. 아차 싶어서 앨리스는 황급히 탁자 위의 조그만 황금 열쇠를 집어 들고 정원으로 나가는 문 쪽으로 달려갔다.

가엾은 꼬마 아가씨! 앨리스가 할 수 있는 일이라곤 그저 옆으로 누워 한쪽 눈으로 정원을 내다보는 것뿐이었다. 이제 그 구멍을 빠져나가 정원으로 나가는 일은 아까보다 더 어려워진 것이다. 앨리스는 그 자리에 털썩 주저앉아 다시 울음보를 터뜨리며 자기한테 말했다.

"창피하지도 않니? 너처럼 덩치가 산만 한 애가(사실이 그랬다.) 눈물이나 질질 짜고 있다니! 내가 경고하는데 당장 뚝 그쳐!"

그러나 앨리스는 울음을 멈출 수 없었다. 흘러내린 눈물이 몇 양동이나 되도록 그녀는 계속 울어 댔다. 어느새 앨리스의 주변에는 10센티미터 깊이나 되는 눈물 웅덩이가 생겨 그 눈물이 홀을 적시고 있었다.

잠시 후 앨리스는 멀리서 들려오는 부산스런 발자국 소리에 얼른 눈물을 닦고 소리 나는 쪽을 바라다보았다. 멀리서 이쪽으로 되돌아오고 있는 토끼가 보였다. 멋지게 차려입은 토끼는 조그만 흰색 장갑 한 켤레와 커다란 부채를 양손에 나눠 들고 아까처럼 혼자 중얼거리면서 몹시 바쁜 듯 헐레벌떡 뛰어오고 있었다.

"오, 이런! 공작 부인, 공작 부인! 이렇게 늦었으니 지금쯤 화가 머리끝까지 나 계시겠지?"

앨리스는 그야말로 절망해 있었던 터라 정말 아무한테라도 도움을 청해야 할 판이었다. 그래서 토끼가 곁으로 다가오자 겁에 질린 듯 모기만 한 목소리로 토끼를 불렀다.

“저기, 저…… 여보세요.”

그러자 토끼는 화들짝 놀라서 손에 들고 있던 하얀 장갑과 부채를 떨어뜨리고 쏜살같이 어둠 속으로 달아나 버렸다.

홀 안은 무척 후텁지근했다. 앨리스는 장갑과 부채를 주워 들고는 계속 부쳐 대면서 다시 중얼댔다.

“원, 참! 오늘따라 왜 이렇게 이상한 일만 생기는 걸까? 어제까지만 해도 아무 일 없었잖아. 혹시 하룻밤 사이에 내가 어떻게 돼 버린 건 아닐까? 한번 잘 생각해 보라고. 오늘 아침 일어났을 때 뭔가 달라진 걸 못 느꼈나? 그러고 보니까 조금 이상했던 것도 같아. 하지만 만약 내게 무슨 일이 생겼다면 그다음 질문은? 맞아, 바로 그거야. 지금의 나는 도대체 누구냐 이거지. 아, 이거야말로 수수께끼 중의 수수께끼다!”

앨리스는 자기가 알고 있는 친구들을 하나씩 떠올려 보기로 했다. 혹시 그들 중 누군가로 변한 건 아닌지 따져 봐야 할 것 같았다.

“‘에이다’가 아닌 건 분명해. 걘 긴 곱슬머리인데 난 아니거든. 그렇다고 메이블도 아냐. 나는 모르는 게 없는 아이인데, 걔? 도대체 걔가 아는 게 뭐냐고! 게다가 그 앤 그 애고 난 나야! 갈수록 수수께끼투성이로군! 가만있자, 내가 이제까지 알고 있던 걸 지금도 그대로 알고 있기나 한 걸까? 어디 한번 머리를 굴려 볼까? 4 곱하기 5는 12, 4 곱하기 6은 13, 4 곱하기 7은……, 아니 이런 식으로 언제 20까지 갈 거야? 구구단이 뭐 그리 중요하다고. 이번엔 지리 공부를 해 볼까? 파리의 수도는 런던, 로마의 수도는 파리, 로마는……, 아냐, 전부 다 엉터리잖아! 틀림없어! 난 메이블로 변한 거야! 아냐, 아냐, 그럴 리 없어! ‘꼬마 악어……’어쩌고 하는 시를 외워 보면 알 수 있어.”

앨리스는 수업 시간에 하듯이 무릎 위에 두 손을 모으고 시를 외우기 시작했다. 그러나 여느 때와 달리 쉰 목소리에 가사도 엉망이었다.

꼬마 악어 한 마리가
번쩍이는 꼬리를 흔들어 대며
나일 강 물을 퍼
황금빛 비늘 위에 뿌려요!

즐거운 듯 히죽히죽 이빨을 드러내며
단정하게 발톱을 세우고
잔잔히 미소 띤 턱뼈 사이로
앙증맞은 물고기들을 맞아들여요!

……

"이것도 분명히 틀렸을 거야."

불쌍한 앨리스는 아까처럼 다시 눈물을 글썽였다.

"난 정말 메이블이 됐나 봐. 그럼 장난감도 하나 없이 코딱지만 한 집에서 살아야 하고, 지겹게 공부만 해야 하잖아! 아냐, 절대 그럴 순 없어. 내가 정말 메이블이라면 난 차라리 여기서 그냥 살 거야! 사람들이 와서 이 굴속에 얼굴을 들이밀고 '어서 올라오너라, 애야!' 해도 난 올려다보면서 이렇게 대답할 거야. '좋아요. 그럼 내가 누군데요? 그걸 먼저 말해 줘요. 만약 그 사람이 내 마음에 들면 올라갈게요. 하지만 마음에 들지 않으면 나를 내 마음에 드는 사람으로 불러 줄 때까지 여기서 그냥 눌러살래요!' 그렇지만, 그럼 나는……!"

갑자기 앨리스의 눈에서 눈물이 왈칵 쏟아졌다.

"누군가 이 굴속을 들여다봐 주면 얼마나 좋을까? 여기 이렇게 혼자 떨어져 있는 것도 이젠 지쳤어!"

이렇게 흐느끼다가 문득 손을 내려다본 앨리스는 깜짝 놀랐다. 이런저런 말을 중얼거리는 동안에 아까 토끼가 떨어뜨리고 간 조그만 흰 장갑 한 짝을 어느새 손에 끼고 있었던 것이다.

"아니 어떻게 이런 일이 생길 수 있지? 내 몸이 다시 줄어든

게 틀림없어.”

그녀는 벌떡 일어나 탁자 쪽으로 달려갔다. 키를 재기 위해서였다. 몸이 줄어든 것은 틀림없는 사실이었다. 앨리스의 생각대로 몸은 대충 60센티미터 정도로 줄어들었는데, 그 순간에도 계속해서 아주 빠르게 줄어들고 있었다. 그때 앨리스는 자신의 키가 이렇게 줄어드는 게 바로 손에 든 부채 때문이라는 걸 깨닫고 얼른 부채를 내동댕이쳤다. 이대로 줄어들다간 몸이 아예 없어져 버릴 판이었다.

“휴, 하마터면 큰일 날 뻔했어!”

앨리스는 이 갑작스런 변화에 적잖이 놀랐지만, 그래도 아직은 자기 몸이 남아 있다는 게 기뻤다.

“이제 정원으로 나갈 수 있겠어!”

앨리스는 쏜살같이 아까의 그 작은 문으로 달려갔다. 하지만 맙소사! 그 작은 문은 잠겨 있었고, 자그만 황금 열쇠는 여전히 유리 탁자 위에 그대로 있었다.

“엎친 데 덮친 격이라더니! 이렇게 작아져 버릴 수가! 이제 다 틀렸어. 정말 끝장이야!”

앨리스가 이렇게 말하며 한숨을 쉬는 순간 발이 죽 미끄러지더니 가슴까지 올라오는 소금물 속에 풍덩 빠져 버렸다. 처음에 앨리스는 바다에 빠졌다고 생각했다.

"그렇다면 기차를 타고 돌아갈 수 있겠구나."(그때까지 앨리스는 딱 한 번 바닷가에 가 보았는데, 그 뒤로 영국의 해변에는 한결같이 아이들이 나무 삽으로 모래를 파고 있고, 수많은 이동 탈의차가 있고, 쭉 늘어선 민박집 뒤에는 기차역이 있다고 생각하게 되었다.)

그런데 앨리스가 빠진 곳은 바다가 아니라 사실은 키가 3미터 가까이 됐을 때 흘린 눈물이 이룬 웅덩이였다.

"아까 괜히 눈물을 많이 흘렸어!"

앨리스는 이리저리 헤엄을 쳐 빠져나갈 곳을 찾으며 중얼거렸다.

"눈물을 펑펑 쏟은 벌로 내 눈물에 빠져 죽게 되는구나! 이런 일이 일어났다고 하면 누가 믿겠어! 오늘은 모든 게 이상하게 꼬이는 날이야."

바로 그때 얼마 떨어지지 않은 곳에서 첨벙거리는 소리가 들렸다. 앨리스는 무슨 일인가 알아보려고 헤엄을 쳐 그쪽으로 다가갔다. 처음에 앨리스는 그 소리의 주인공이 해마나 하마가 아닐까 하고 생각했다. 하지만 그것은 틀림없는 생쥐였다. 앨리스는 자기 몸이 형편없이 줄어들어 버렸다는 사실을 기억해 냈다. 그 생쥐도 앨리스처럼 눈물 웅덩이에 빠진 것이었다.

'저 생쥐에게 말을 걸어 보면 어떨까? 미리 포기할 게 뭐 있담. 어차피 이곳은 이상한 일투성이인데. 저 생쥐가 뜻밖에도

말을 할지 누가 알아? 어쨌든 말 한번 걸어 본다고 손해될 것은 없으니까.'

여기까지 생각한 앨리스는 선뜻 생쥐에게 말을 걸었다.

"애, 생쥐야. 넌 이 웅덩이에서 빠져나가는 방법을 알고 있니? 난 이리저리 헤엄치는 데 아주 지쳤거든. 애, 생쥐야!"(앨리스는 생쥐에게 이런 식으로 말하는 게 옳다고 생각했다. 단 한 번도 생쥐에게 말을 걸어 본 적은 없지만 언젠가 오빠의 라틴 어 문법책에서, '생쥐 — 생쥐의 — 생쥐에게 — 생쥐 — 애, 생쥐야!'라고 적혀 있는 것을 본 기억이 났다.)

생쥐는 호기심 어린 표정으로 앨리스를 바라보았다. 앨리스에세는 생쥐가 작은 눈 한쪽으로 자기에게 윙크하고 있는 것처럼 보였다. 하지만 생쥐는 한마디 대꾸조차 하지 않았다.

'영어를 모르는 모양이구나. 그렇다면 정복왕 윌리엄과 함께 건너온 프랑스 쥐인 게 분명해.'(앨리스가 알고 있는 쥐꼬리만 한 역사 지식으로는 도대체 언제 어떤 일이 일어났는지 알쏭달쏭하기만 했다.)

그래서 앨리스는 프랑스 어로 물어보았다.

"우 에 마 샤뜨?"(프랑스 어로 '내 고양이는 어디에 있니?'라는 뜻)

이 말은 프랑스 어 교과서에 나오는 맨 첫 문장이었다. 그러자 생쥐가 물 위로 펄쩍 뛰어올라서 새파랗게 겁에 질린 것처럼 보였다. 앨리스는 이 가엾은 동물의 감정을 상하게 했을까 걱정이 되어 서둘러 외쳤다.

"아, 미안해. 용서해 줘! 난 네가 고양이를 좋아하지 않는다는 걸 깜빡 잊었어!"

"고양이를 좋아하지 않는다고?"

생쥐는 날카롭고 성난 목소리로 말을 내뱉었다.

"만약 네가 나라면 고양이를 좋아하겠니?"

"맞아……, 아마 나래도 좋아할 수 없을 거야."

앨리스는 달래듯 말했다.

"화내지 마. 하지만 우리 집 고양이 다이너를 네게 보여 주고 싶어. 다이너를 보기만 하면 너도 고양이를 좋아하게 될 거야. 정말 귀엽고 얌전한 고양이거든."

앨리스는 느릿느릿 헤엄을 치면서 혼잣말처럼 중얼댔다.

"난롯가에서 몸을 웅크리고 기분 좋게 그르렁거리는가 하면 앞다리를 핥거나 얼굴을 씻기도 하지. 그뿐인 줄 알아? 털을 쓰다듬고 있으면 얼마나 부드러운지 몰라. 그런데 그 녀석 주특기가 뭔지 알아? 바로 생쥐 잡는 거야! ……. 아차, 또 실수! 미안해."

앨리스는 아차 싶어 입을 다물었다. 생쥐는 이번에는 털을 잔

뚝 곤두세우고는 실제로 공격을 당하고 있는 양 어쩔 줄 몰라 했다.

"네가 싫다면 다이너 이야기는 우리 당장 그만두자."

"뭐, 우리라고!"

생쥐가 몸을 꼬리 끝까지 부르르 떨면서 소리쳤다.

"내가 그런 걸 화제 삼아 이야기하고 싶어 한다고 생각해? 천만에! 우리 집안은 고양이라면 하나같이 치를 떤다고! 두 번 다시 내 앞에서 고양이의 '고' 자도 꺼내지 마!"

"알았어, 맹세할게!"

그러고는 서둘러 화제를 바꾸었다.

"그럼 너 강……, 강아지는 좋아하니?"

생쥐가 이 말에는 입을 다물고 있자 앨리스는 열을 올리며 계속 말을 했다.

"우리 옆집에는 아주 예쁘고 귀여운 강아지가 한 마리 살고 있어. 그 녀석을 너에게 보여 줄 수 있다면 얼마나 좋을까! 눈동자가 초롱초롱하고 갈색 털이 길고 곱슬곱슬한 테리어종인데 이만저만한 재주꾼이 아냐. 뭘 던지면 비호같이 냉큼 물어 오기도 하고, 앞발을 들고 앉아서는 저녁을 달라고 온갖 재롱을 떨기도 해. 하여간 못 하는 짓이 없는데 다 기억할 수 없는 게 안타까울 따름이야. 주인은 어떤 농부 아저씬데, 그 강아지는 쓸모가 많아서 팔면 수백 파운드는 문제없이 받아 낼 수 있다고 말했어. 쥐란 쥐는 보는 족족 모두 잡아 없앤다나 어떻다나……. 이키! 이런.”

앨리스는 안타까운 듯 소리쳤다.

“이를 어째! 네 마음에 또 상처를 주다니!”

생쥐는 웅덩이 수면에 요란스레 파문을 일으키며 정신없이 꽁무니를 빼고 있었다. 앨리스는 한껏 부드러운 목소리로 생쥐를 불렀다.

“귀여운 생쥐야, 제발 다시 돌아와 줘. 네가 싫다면 고양이나 강아지 이야기 따윈 다신 입에 담지도 않을게!”

이 말을 들은 생쥐는 몸을 돌려 슬금슬금 헤엄쳐 다가왔다. 새파랗게 질린 생쥐는(앨리스는 생쥐가 잔뜩 성이 나 있다고 생각했다.) 떨리는 목소리로 말했다.

“먼저 이 웅덩이를 빠져나가자. 나간 다음에 내 이야기를 해 줄게. 그러면 내가 왜 고양이나 개를 미워하는지 이해하게 될 거야.”

마침 때가 웅덩이를 빠져나가기에 안성맞춤이었다. 어느덧 웅덩이에는 그들 외에도 갖가지 새와 동물이 빠져서 꽤나 북적대고 있었기 때문이다.

오리, 도도새, 진홍잉꼬, 새끼 독수리, 그 밖에도 여러 신기한 동물이 앨리스와 같은 신세가 되어 있었다.

　앨리스가 앞장서자 나머지 동물들이 앨리스의 뒤를 따라 일제히 헤엄쳐 나가기 시작했다.

3. 코커스 경주와 긴 이야기

물웅덩이를 빠져나와 기슭에 모인 동물들의 꼬락서니란 한 마디로 꼴사나웠다.

새들은 깃털이 땅에 질질 끌려 우스꽝스러운 모습이었고, 다른 짐승들도 하나같이 털이 몸에 착 달라붙어 볼썽사나운 몰골을 하고 있었다. 털에서 물방울이 뚝뚝 떨어지고 있어 모두 시무룩하고 불쾌하다는 표정을 짓고 있었다.

말할 것도 없이 그들이 맨 먼저 풀어야 할 숙제는 어떻게 몸을 빨리 말리느냐 하는 것이었다. 그들은 이 문제를 놓고 머리를 맞댔다. 얼마 안 있어 앨리스는 마치 예전부터 그들과 친했던 것처럼 스스럼없이 어울려 이야기를 나누었다. 실제로 앨리스는 진홍잉꼬와 꽤나 긴 토론을 했는데, 마침내 진홍잉꼬가 화를 벌컥 내며 쏘아붙였다.

"내가 너보다 나이가 많으니까 당연히 아는 것도 더 많아!"

그러나 진홍잉꼬가 얼마나 나이를 먹었는지 모르는 앨리스로서는 진홍잉꼬의 말을 곧이곧대로 받아들일 수 없었다. 게다가 진홍잉꼬는 끝까지 나이를 밝힐 수 없다고 고집을 부렸다. 그래서 서로 간에 말문이 막혀 버렸다.

마침내 이들 중에서 그래도 가장 권위가 있어 보이는 생쥐가 나섰다.

"자, 모두 앉아서 내 말을 들어 봐. 당장 너희들 몸을 말려 줄 테니까!"

그 말에 동물들은 생쥐를 중심으로 둥그렇게 원을 그리고 앉았다. 앨리스도 빨리 몸을 말리지 않았다가는 무서운 독감에 걸릴 것 같아 걱정스런 눈으로 생쥐를 쳐다봤다.

"에헴!"

생쥐는 뭔가 중요한 얘기를 할 것처럼 분위기를 잡은 다음 입을 뗐다.

"자, 다들 준비는 됐겠지? 이건 내가 알고 있는 것 중에서 가장 메마른 이야기야. 자, 자! 모두 조용히 하고 들어 봐. 정복왕 윌리엄은 교황에게 은총을 받을 만한 대의를 내세워, 당시 지도

자를 갈구하던 영국을 순식간에 집어삼키더니 침략과 정복을 일삼았지. 머시아와 노섬브리아의 백작이었던 에드윈과 모카는……."

"어휴!"

진홍잉꼬가 몸을 진저리치며 한마디 했다.

"지금 뭐라고 했지? 네가 그런 거야?"

생쥐가 얼굴을 찌푸리면서도 제법 정중하게 물었다.

"나? 아니. 난 아니야."

진홍잉꼬가 황급히 시치미를 뗐다.

"난 네가 그런 줄 알았지. 그럼 계속할게. 머시아와 노섬브리아의 백작 에드윈과 모카는 그의 편에 섰고 애국심이 강했던 캔터베리 대주교 스티건드까지도 그것이 현명하다는 사실을 발견하고 ……."

"뭘 발견했다고?"

오리가 끼어들었다. 그러자 생쥐는 짜증 내는 투로 말했다.

"그것을 발견했단 말이야! 너도 알잖아? 그것 말이야, 그것, 그것."

오리가 고집스럽게 대꾸했다

"내가 발견할 때야 그것이 뭔지 잘 알지. 하지만 내가 발견하는 것은 대개 개구리나 지렁이 따위거든. 그러니까 내 말은, 그

대주교란 사람이 발견한 게 뭐냔 말이야.”

그러나 생쥐는 오리의 물음에는 대꾸도 않고 서둘러 하던 이야기를 계속했다.

“애드거 애슬링과 함께 윌리엄을 만나 그를 왕으로 추대하는 게 현명하다는 사실을 발견했지. 처음 얼마 동안은 윌리엄도 절도가 있었어. 그런데 윌리엄의 노르만 족 부하들의 오만이……. 어이, 귀여운 아가씨, 좀 마른 것 같지 않아?”

생쥐는 앨리스에게로 고개를 돌려 물었다. 앨리스가 시무룩한 목소리로 말했다

“여전히 축축한걸. 그런 얘기로는 내 몸을 말릴 수가 없나 봐.”

그러자 도도새가 자못 엄숙한 표정으로 일어서며 말했다.

“이렇게 하면 어떨까? 이만 토론을 끝내고 좀 더 강력한 처방을 찾아보는 거야. 그리고 즉각 그 처방을 써먹는 거지.”

그때 새끼 독수리가 소리쳤다.

“쉬운 말로 해! 그렇게 긴 말은 도무지 알아들을 수가 없어. 좀 더 어쩌자고? 당신이라고 별 수 있겠어?”

새끼 독수리는 터져 나오는 웃음을 감추려고 고개를 숙였고, 다른 새 몇몇은 소리까지 내며 키득거렸다.

도도새가 기분이 나쁘다는 표정으로 말했다.

"내가 하려던 말은 몸을 말리는 데는 코커스 경주가 최고라
는 것이었어!"

"코커스 경주? 그게 뭔데?"

앨리스가 물었다. 사실 코커스 경주가 뭔지 별 관심은 없었지
만, 도도새가 누군가 물어 오기를 기다리는 듯 말을 멈추고 있
었는데도 아무도 묻지 않았기 때문이다.

도도새가 말했다.

"뭐냐고? 음, 그야 백문이 불여일견이겠지?"(어느 겨울날 여러
분이 코커스 경주를 한번 해 보겠다면 도도새가 어떻게 했는지 이야기
해 주겠다.)

먼저 도도새는 둥그렇게 경주 코스를 그렸다.(도도새는 모양
이 조금 비뚤어져도 상관없다고 말했다.) 그런 뒤 모든 동물이 코스
여기저기에 늘어섰다.

"하나, 둘, 셋, 출발!"이라는 신호조차 없었다. 그냥 마음이 내
키면 뛰기 시작했고, 그만두고 싶으면 멈춰 섰다. 그래서 경주
가 언제 끝날지 도통 종잡을 수가 없었다. 대충 반 시간쯤 달렸
을까? 동물들의 몸이 완전히 말랐을 무렵 도도새가 갑자기 소
리쳤다.

"경기 끝!"

그러자 동물들은 가쁜 숨을 몰아쉬며 도도새를 둘러싸고 물

었다.

"그런데 누가 이긴 거야?"

대답하기 쉽지 않은 질문이었다. 모두 숨을 죽이며 대답을 기다렸고, 도도새는 한참 동안 한 손가락으로 이마를 누른 채 앉아 있었다.(초상화에서 셰익스피어가 하고 있던 모습과 비슷한 자세였다.)

마침내 도도새가 입을 열었다.

"모두 다 이겼어. 그러니까 모두 상을 받아야 해."

"하지만 누가 상을 주지?"

동물들이 마치 합창을 하듯 물었다.

"물론 이 아가씨지!"

도도새가 한 손가락을 치켜들고 앨리스를 가리키자 순식간에 모든 동물이 앨리스를 둘러싸고 아우성치기 시작했다.

"상을 줘! 상을 줘!"

앨리스는 그 순간 어찌할 바를 몰랐다. 그러다가 '에라, 모르겠다.' 하는 심정으로 주머니에 손을 넣었는데 거기에 마침 사탕이 든 상자가 있었다.(다행스럽게도 상자 안으로는 물이 들어가지 않았다.) 앨리스는 사탕을 꺼내 상으로 하나씩 쥐어 주었다. 신기하게도 사탕은 모두에게 딱 한 개씩 골고루 돌아갔다.

이때 생쥐가 나서며 말했다.

"쟤는 없잖아. 쟤도 상을 받아야지, 안 그래?"

"그야 물론이지."

도도새가 진지한 목소리로 대답했다.

"주머니 속에 다른 건 없어?"

도도새가 앨리스에게 물었다.

"골무밖에 없어."

앨리스가 풀이 죽어 대답했다.

"됐어. 그걸 이리 줘 봐."

도도새가 말했다.

그러자 모두 다시 앨리스 주위로 우르르 몰려들었다. 도도새는 골무를 앨리스에게 상으로 주면서 진지하게 말했다.

"귀하께서 이 품위 있는 골무를 받아 주시길 진심으로 청원하는 바입니다."

이 몇 마디 안 되는 말이 끝나자 모두 환호성을 질렀다. 앨리스는 이 모든 일이 참 어처구니없다는 생각이 들었지만 모두 한결같이 무척 진지해서 감히 웃을 엄두조차 내지 못했다. 그렇다고 딱히 할 말이 생각나는 것도 아니어서 그저 고개를 숙여 인사를 하고 한껏 엄숙한 표정으로 골무를 받았다.

다음은 사탕을 먹을 차례였다. 사탕을 먹으면서는 약간의 소동과 혼란이 일어났다. 몸집이 큰 새들은 간에 기별도 안 간다고 투덜댔고, 작은 새들은 사탕이 목에 걸리는 바람에 등을 두들겨 주는 등 법석을 떨었다. 한바탕 소동 끝에 사탕을 다 먹은 동물들은 다시 둥그렇게 둘러앉아 생쥐에게 이야기를 더 해 달라고 졸랐다.

앨리스가 나서서 말했다.

"아까 네가 살아온 이야기를 해 주겠다고 약속했잖아, 기억 안 나?"

그러고는 생쥐가 또 기분이 상할까 봐 속삭이듯 덧붙였다.

"그리고 '고'와 '강'을 왜 싫어하게 됐는지도……."

"그 이야기(tale)는 매우 길고도 슬퍼."

생쥐가 앨리스를 돌아보더니 한숨을 쉬며 말했다.

"정말로 꼬리(tail)가 길긴 길구나. 그런데 꼬리가 왜 슬퍼?"
(영어로는 '이야기(tale)'와 '꼬리(tail)'의 발음이 같아서 앨리스는 생쥐의 말을 잘못 이해하고 있다.)

앨리스는 생쥐의 꼬리를 놀랍다는 눈초리로 내려다보며 말했다.

앨리스는 생쥐가 이야기하고 있는 내내 꼬리가 슬프다는 말이 마치 수수께끼처럼 아리송했다. 그래서 생쥐의 이야기를 대충 이런 식으로 이해했다.

분노의 여신이

집 안에서 생쥐와

딱 마주쳤지

그래서 생쥐에게

이렇게 말했어.

"나와 함께 재판정으로 가 줘야겠어.

난 너를 고소할 거니까.

어서 이리 와.

빠져나갈 구멍은 없어.

우린 널 재판에 꼭 부치고 말 거야.

오늘 아침

할 일도 없는데

마침 잘 됐다."

그러자

생쥐는 그 불한당한테

이렇게 말했다.

"참, 이상한 재판도 다 있군요?

재판장도 배심원도 없이

공연한 헛수고

아닐까요?"

교활하고 늙어 빠진

분노의 여신이 말했다.

"내가 재판장이고

곧 배심원이지!

어쨌든

난 모든 수단과 방법을

총동원해서

너에게 사형을

언도할 것이다."

"내 얘기를 듣고 있지 않잖아! 도대체 무슨 생각을 하고 있는 거야?"

생쥐가 갑자기 역정을 내며 소리쳤다.

"미안해, 용서해 줘. 그런데 지금 다섯 번째 꼬부라지는 대목까지 얘기한 거, 맞지?"

앨리스가 겸연쩍어하며 말했다.

"아니야(not)!"

생쥐가 몹시 화난 목소리로 거칠게 소리쳤다.

"맞아, 매듭(knot)! 그걸 푸는 데 내 힘도 보탤게!"(영어로는 '아니다(not)'와 '매듭(knot)'의 발음이 같아서 앨리스는 또 혼동을 하고 있다.)

늘 남에게 폐 끼치기를 싫어하는 성격인 앨리스는 주변을 조심스럽게 둘러보며 말했다.

"싫어. 난 그 따위 짓 안 해! 넌 그런 엉터리 같은 말로 날 모욕했어!"

생쥐는 이렇게 말하며 벌떡 일어서더니 앨리스에게서 멀어져 갔다.

가련한 앨리스는 간청하다시피 하며 말했다.

"그런 뜻은 아니었는데. 하지만 넌 별일 아닌 걸 가지고 화를 내는구나!"

그러나 생쥐는 씩씩거리기만 할 뿐 대꾸를 하지 않았다.

"제발 돌아와서 이야기를 마저 해 줘!"

앨리스의 말에 다른 동물들도 그녀를 따라 한목소리로 외쳤다.

"그래, 얼른 해 줘!"

그러나 생쥐는 짜증스럽다는 듯이 고개를 좌우로 연신 흔들면서 제 갈 길을 재촉했다.

"그냥 가 버리다니, 정말 아쉽군."

생쥐가 시야에서 완전히 사라지자 진홍잉꼬가 한숨을 내쉬며 말했다. 그러자 늙은 게가 이 기회를 틈타 딸에게 말했다.

"잘 봐 두어라. 제 성질을 못 이기면 낭패를 본다는 걸 명심해야 한다."

"입 좀 다물고 계세요, 엄마."

어린 게가 투덜거렸다.

"인내심 강한 굴도 엄마의 잔소리에는 당해 내지 못할 거예요."

"아, 이럴 때 다이너가 있으면 얼마나 좋을까! 당장 저 생쥐를 붙잡아 이리로 데려왔을 텐데."

앨리스가 누구에게랄 것도 없이 혼자서 큰 소리로 탄식했다.

"다이너가 누군지 물어봐도 되니?"

진홍잉꼬가 조심스럽게 물었다.

앨리스는 다이너에 관한 이야기라면 언제라도 기꺼이 줄줄 풀어 낼 수 있다는 듯 의기양양하게 대답했다.

"다이너는 우리 집 고양이야. 한마디로 쥐를 잡는 데는 명수지. 아마 상상도 못 할걸. 그뿐인 줄 알아? 새는 또 얼마나 잘 잡는다고. 한번 보여 주면 다들 놀라 자빠질 텐데. 조그만 새는 눈에 띄는 순간 벌써 다이너의 목구멍을 넘어가고 있다니까."

앨리스의 말이 끝나자 갑자기 동물들 사이에 큰 소란이 일어났다. 새 몇 마리는 뒤도 돌아보지 않고 날아가 버렸고, 늙은 까치는 몸을 움츠리면서 말했다.

"이젠 그만 집에 돌아가 봐야겠는걸. 밤공기를 쐬면 목구멍에 안 좋거든."

카나리아가 떨리는 목소리로 새끼들을 불러 모았다.

"애들아, 어서 가자. 잠자리에 들 시간이구나."

동물들은 저마다 그럴듯한 구실을 대며 떠나 버렸고, 잠시 후에는 앨리스만 혼자 그곳에 남겨졌다.

앨리스는 슬픔에 잠겨 중얼거렸다.

"다이너 얘기는 하지 말았어야 했어! 여기, 아래 세상에서는 그 누구도 다이너를 좋아하지 않는 것 같아. 하지만 누가 뭐래도 다이너는 이 세상에서 가장 멋진 고양이야! 아, 사랑스런 다이너! 널 다시는 볼 수 없게 될까 봐 너무 두려워!"

불쌍한 앨리스는 너무 외로운 데다 낙담한 나머지 끝내 울음을 터뜨리고 말았다. 그런데 잠시 후 앨리스는 멀리서부터 꽤 서두르면서 후다닥 달려오는 발자국 소리를 들었다. 앨리스는 생쥐가 행여나 마음을 고쳐먹고 되돌아와 아까 하던 이야기를 마저 해 줄까 싶어서 소리 나는 쪽을 눈이 빠지도록 바라보았다.

4. 토끼가 꼬마 빌을 내려보내다

발자국 소리의 주인공은 흰 토끼였다. 토끼가 허둥지둥 돌아오면서 무언가 잃어버린 듯 주위를 두리번거리며 중얼대는 소리가 들려왔다.

"공작 부인! 공작 부인! 오, 불쌍한 내 다리! 내 털도 수염도 가여워! 공작 부인이 날 처형하고 말 거야! 그건 흰족제비가 흰족제비인 것만큼 확실한 일이야. 그나저나 도대체 이것들을 어디다 떨어뜨렸을까?"

그 말을 듣는 순간 앨리스는 토끼가 부채와 장갑을 찾고 있다는 생각이 들었다. 천성이 착한 앨리스는 그것을 찾아 주려고 주위를 두리번거리기 시작했다. 그러나 아무리 둘러봐도 그것들은 눈에 띄지 않았다. 눈물 웅덩이에 빠져 허우적댄 뒤로 모든 것이 변해 버렸다. 널찍한 홀도 유리 탁자도 조그만 문도 모두 감쪽같이 사라져 버린 것이었다.

잠시 후 토끼는 물건을 찾느라 주변을 기웃거리는 앨리스를 발견하고는 성난 목소리로 말했다.

"아니, 메리 앤! 여기서 뭘 하는 거야? 지금 당장 집으로 달려가서 내 장갑하고 부채를 가져와. 어서!"

화들짝 놀란 앨리스는 토끼가 자기를 엉뚱한 사람으로 착각했다는 걸 미처 설명하지도 못하고 토끼가 가리키는 방향으로 달려가기 시작했다.

그녀는 뛰어가며 혼자 중얼거렸다.

"참 내! 지금 누구를 자기 집 하녀로 취급하는 거야? 내가 누구라는 걸 알면 뒤로 나자빠지겠지? 하지만 우선 장갑과 부채를 가져다주는 게 좋겠어."

그렇게 중얼거리는 동안 앨리스는 어느덧 '흰 토끼'라는 밝은 놋쇠 문패가 붙은 산뜻하고도 아담한 집 앞에 이르렀다. 앨리스는 진짜 메리 앤에게 들키면 장갑과 부채를 찾기도 전에 쫓겨날 것 같아서 노크도 없이 집 안으로 들어가 곧장 위층으로 향했다.

앨리스는 또다시 중얼거렸다.

"에이, 참! 기가 막혀서! 토끼 심부름이나 하고 있는 꼴이라니. 이러다간 우리 집 다이너까지 나한테 심부름을 시키겠군!"

앨리스는 엉뚱한 상상을 하기 시작했다.

"앨리스 아가씨, 빨리 와서 산책하러 나갈 준비하세요!"

"곧 갈게요, 유모! 하지만 난 다이너가 돌아올 때까지 이 쥐구멍을 지켜야 해요. 쥐가 못 빠져나가도록 말예요."

앨리스는 계속 생각했다.

'흥! 그런 식으로 고양이가 사람에게 명령을 하면 다이너는 당장 집에서 쫓겨날걸.'

이런 말도 안 되는 상상을 하는 사이에 그녀는 작고 아담한 방에 이르렀다. 창문 옆 탁자 위에는(그녀가 바라던 대로) 부채 하나와 작고 하얀 장갑 두세 켤레가 놓여 있었다. 부채와 장갑 한 켤레를 집어 들고 막 방을 나가려는데 거울 옆에 있는 자그마한 병이 눈에 띄었다. 이 병에는 "나를 마셔요!"라고 쓰인 라벨 같은 건 붙어 있지 않았지만, 앨리스는 서슴없이 마개를 따 입으로 가져갔다.

"틀림없이 뭔가 재미있는 일이 일이날 기야. 밀 미시거니 먹기만 하면 그랬잖아. 이걸 마시면 무슨 일이 일어날지 궁금해. 다시 커졌으면 좋겠는데. 이런 작은 모습은 이제 정말 못 참겠어!"

실제로 앨리스가 바라던 일은 생각보다 훨씬 빨리 일어났다. 병 안에 든 것을 반도 채 마시지 않았는데 머리가 천장까지 닿아 목이 부러지지 않도록 고개를 숙여야 했다. 당황한 앨리스는 병을 얼른 내려놓았다.

"이 정도로 충분해. 더는 커지지 말아야 할 텐데. 그랬다간 이 문을 빠져나갈 수 없을 거야. 혹시 너무 많이 마신 건 아닐까?"

그러나 때는 이미 늦은 뒤였다. 몸이 걷잡을 수 없이 자라고 또 자라서 앨리스는 바닥에 무릎을 꿇어야 했다. 조금 지나자 그 자세로도 버틸 수 없어 한 팔꿈치는 문을 누르고 다른 한 팔은 머리를 감싸고 누워야 했다. 그런데도 몸은 멈추지 않고 계속 자랐다. 앨리스는 마침내 한 팔은 창밖으로 내밀고 한 발은 굴뚝 위로 내뻗은 자세가 되었다.

"이제 무슨 일이 일어나든 더는 어떻게 해 볼 방도가 없어, 난 이제 어찌 되는 걸까?"

그나마 다행한 일은 그 작고 신기한 병에 들어 있던 액체의 효능이 다했는지 더 이상은 몸이 커지지 않는다는 것이었다. 하지만 여전히 몸을 꼼짝달싹할 수 없어 여간 불편한 게 아니었다. 이렇게 큰 몸집으로는 이 방에서 빠져나갈 재간이 없었다. 어찌 불행하다고 느끼지 않을 수 있겠는가.

가엾은 앨리스는 생각에 잠겼다.

'집에 있을 때가 좋았어. 몸이 커졌다 작아졌다 하지도 않았고, 토끼나 생쥐 같은 짐승한테 명령을 받을 필요도 없었잖아. 그 토끼 굴로 들어오지 말았어야 했어……. 하지만 아직은……, 하지만 아직은 이런 인생도 멋져 보여. 앞으로 또 무슨 일이 일어날까? 재미있는 동화책을 읽을 때면 동화 속 일 같은 건 이 세상에서 절대로 일어나지 않을 거라고 생각했는데, 내가 바로 그 동화책의 주인공처럼 됐잖아. 정말 멋진 동화책 이야깃거리야. 내가 이다음에 어른이 되면 이 이야기를 책으로 펴내야지……. 그런데 난 지금 벌써 이렇게 커 버렸잖아!'

그러고는 슬픔에 젖어 중얼거렸다.

"하지만 석어도 이 방 안에서는 더 클 자리가 없어."

'아하, 그렇다면.'

앨리스의 생각은 꼬리에 꼬리를 물었다.

'더 이상 자라지 않는다면 늙는 일도 없을 것 아냐! 그것 참 재미있겠는데? 영영 할머니가 되지 않는다는 건……. 그런데 그러면 언제까지고 그 지겨운 공부를 해야 하겠지? 아냐, 그것만은 싫어!'

그러다가 앨리스는 깨달았다.

"이런 바보 멍청이 같으니! 여기서 어떻게 공부를 해! 몸을 제대로 움직일 수도 없는데 책은 어디다 놓고 본다는 거야!"

앨리스는 마치 누군가와 대화를 하듯 혼자 묻고 대답하며 떠들고 있었다. 얼마 동안을 그러고 있자니까 밖에서 무슨 소리가 들렸다. 앨리스는 귀를 쫑긋했다.

"메리 앤! 메리 앤! 부채와 장갑을 갖다 달라니까 뭘 하고 있어?"

그러더니 또각또각 계단을 올라오는 소리가 들렸다. 앨리스는 토끼가 자기를 찾고 있음을 알 수 있었다. 앨리스는 자신의 몸이 토끼보다 천 배나 더 커져 있어서 토끼 따위를 두려워할 이유가 하나도 없다는 걸 생각하지 못했다. 그저 온 집채가 흔들릴 정도로 몸을 덜덜 떨 뿐이었다.

토끼는 곧장 문 쪽으로 다가와 문을 열려고 했다. 그러나 그 문은 앨리스가 팔꿈치로 밀고 있어서 꼼짝도 하지 않았다. 그러자 토끼가 중얼거리는 소리가 들렸다.

"어쩔 수 없군. 밖으로 돌아 나가 창문으로 들어가는 수밖에."

'흥, 그렇게는 안 될걸!'

앨리스는 토끼가 창문 바로 아래까지 오기를 기다렸다가 이때다 싶어 창밖으로 내민 손을 활짝 폈다. 그러고는 손을 마구 휘저었다. 손에 잡히는 건 아무것도 없었지만 작은 비명 소리와 함께 무언가 떨어지면서 유리 같은 게 와장창 부서지는 소리가 들렸다. 앨리스의 짐작이 맞다면 토끼는 오이를 재배하는 온실 같은 데로 떨어진 게 분명했다.

이어 머리끝까지 화가 난 듯한 목소리가 늘려왔다. 토끼의 목소리였다.

"팻, 팻! 도대체 어디 있는 거야?"

그러자 새로운 목소리가 대답했다.

"예, 여기 있습니다요. 사과를 따고 있는데요, 나리."

"뭐, 사과를 딴다고? 나 원 참!"

토끼는 화가 잔뜩 나서 소리쳤다.

"어서 와서 날 꺼내 주지 못해?"(유리 깨지는 소리가 다시 들려왔다.)

"그런데 말이야, 팻. 저 창문으로 나와 있는 게 뭐지?"

"그야 물론 팔입니다, 나리."(팻은 팔을 '파울'이라고 발음했다.)

"팔이라고? 이런 바보 멍청이 같으니라고! 저렇게 큰 팔이 어디 있어? 창을 온통 다 막고 있잖아!"

"그렇기는 하지만, 어쨌거나 저건 틀림없는 팔입니다요, 나리."

"알았어, 알았어. 뭐가 됐든 상관없어. 당장 치워 버려!"

그러고는 꽤 오랫동안 잠잠했다. 이따금씩 그들이 떠드는 소리가 작게 들려올 뿐이었다.

“나리, 저는 죽어도 그런 짓은 하기 싫어요. 정말, 정말로요!”

“내가 시키는 대로 해. 이 겁쟁이야!”

앨리스는 다시 한 번 손을 쫙 펴 허공에 대고 휘저었다. 이번에는 두 목소리의 비명이 들리고, 아까보다 더 요란하게 유리 깨지는 소리가 들려왔다.

앨리스는 골똘히 생각했다.

“오이 온실이 꽤나 큰가 보네! 다음 일이 궁금한데? 날 여기서 끌어낼 거라면 제발 빨리 그렇게 좀 해 줘. 나도 더는 여기에 있기 싫으니까.”

더 이상 아무 소리도 들리지 않았다. 앨리스는 잠자코 기다렸다. 이윽고 작은 수레바퀴 소리와 함께 여럿이서 왁자지껄 떠들어 대는 소리가 들려왔다.

“사다리 하나는 어디 있어?”

“아니, 나 혼자서 두 개를 다 들고 오란 말이야? 또 하나는 빌이 가지고 오고 있어.”

“빌! 그걸 이리 가져와! 여기 이 구석에 세워. 아니, 먼저 두 개를 이어야겠어. 아직 반도 안 닿았잖아.”

“좋아, 됐어. 별 거 아냐!”

“빌! 여기, 밧줄을 잡아!”

“저 흔들거리는 슬레이트 조심해!”

"야, 떨어진다! 머리 숙여!"

(와장창 요란하게 뭔가가 부서지는 소리)

"어느 녀석이야?"

"누구긴 누구야, 빌이겠지!"

"굴뚝 속으로 누가 들어갈 거야?"

"나? 싫어! 네가 들어가!"

"왜 나야? 절대 못 해!"

"그럼 빌더러 내려가라고 해."

"이것 봐, 빌! 나리께서 자네더러 굴뚝으로 들어가라고 하시는데."

귀를 기울이고 있던 앨리스는 또 혼자 중얼거렸다.

"저런, 그럼 빌이 내려오겠군. 그나저나 저것들은 왜 모든 일을 빌한테만 떠넘기지? 난 어떤 일이 있어도 저 빌이란 녀석처럼 되고 싶진 않아. 그나저나 이 벽난로가 너무 좁아서 안 되겠는걸? 그렇지, 내려오는 듯하면 살짝 차 버려야겠어."

그녀는 다리를 굴뚝 속에서 한껏 아래로 끌어당기고 기다렸다. 이윽고 조그만 동물이(어떤 동물인지는 짐작이 가지 않았다.) 굴뚝 벽을 긁으며 기어 내려오는 소리가 들렸다.

"빌이겠지?"

앨리스는 이렇게 생각하며 발을 힘껏 내지르고는 다음 일을 기다렸다.

처음 앨리스 귀에 들려온 소리는 여럿이서 동시에 질러 대는 외침이었다.

"저기 빌이 떨어진다!"

이어 토끼의 고함 소리가 홀로 들려왔다.

"빨리 받아. 저기 울타리 쪽에 있는 녀석들 말이야!"

그러고는 잠시 조용하더니 이내 여러 목소리가 한데 섞여 시끌벅적하게 들려왔다.

"고개를 받쳐 줘!"

"브랜디를 가져와!"

"숨 막히겠어. 조심해!"

"좀 어때, 빌? 무슨 일이 벌어진 거야? 말 좀 해 봐!"

이윽고 숨넘어가는 듯한 소리가 작고 가냘프게 들려왔다.(앨리스는 그 목소리의 주인공이 빌일 것으로 짐작했다.)

"글쎄, 나도 뭐가 뭔지 잘 모르겠어……. 이제 그만……, 고마워……. 훨씬 나아졌어……. 하지만 도통 정신이 없어 말을 못하겠어. 상자에서 용수철 인형이 튀어나오듯 뭐가 내게 달려들었던 것 같긴 해. 어느 틈엔가 내 몸이 로켓처럼 하늘로 붕 떠올랐으니까!"

"맞아, 아닌 게 아니라 자네가 붕 떠서 날더라고!"

그때 토끼의 목소리가 끼어들었다.

"이 집을 확 불 질러 버려야겠어."

앨리스는 깜짝 놀라 있는 힘껏 소리쳤다.

"그러기만 해 봐! 다이너를 불러 모두 혼내 줄 테니까!"

그 순간 쥐 죽은 듯 조용해졌다. 앨리스는 속으로 생각했다.

'이젠 어쩌지? 저것들이 조금이라도 머리를 쓰는 녀석들이면 지붕을 걷어 낼 텐데.'

잠시 뒤 잠잠하던 동물들이 다시 부산을 떠는 소리와 토끼의 목소리가 들려왔다.

"손수레 한 대 분량이면 충분할 거야. 자, 시작해."

'갑자기 웬 손수레일까?'

그러나 앨리스가 채 생각할 겨를도 없이 창을 통해 조그만 돌멩이들이 빗발치듯 쏟아져 들어왔다. 그중 몇 개는 그녀의 얼굴에 떨어졌다.

"내 이것들을 그냥!"

이렇게 중얼거리던 앨리스는 다시 악을 쓰며 소리쳤다.

"그만두는 게 네 녀석들 신상에 좋을걸!"

그러자 다시 사방이 찬물을 끼얹은 듯 조용해졌다. 그러다가 앨리스는 깜짝 놀랐다. 방바닥에 떨어져 있던 돌멩이들이 조그만 과자로 변하고 있는 게 아닌가. 그 순간 앨리스의 머리를 스쳐 가는 생각이 있었다.

'이 과자를 먹으면 또 내 몸에 무슨 변화가 생길 게 틀림없어! 그리고 아마 이 상태에서 더 커지지는 못할 테니까 줄어들 듯도 해.'

얼른 과자 하나를 집어 꿀꺽 삼키자 다행스럽게도 그 즉시 몸이 줄어들기 시작했다. 몸이 문을 통과할 만큼 줄어들자 앨리스는 얼른 그 집을 빠져나왔다. 밖에는 조그만 동물들과 새들이 떼를 지어 서 있었고, 그 한가운데에서는 기니피그 두 마리가 도마뱀 빌을 부축한 채 병에 든 무언가를 입속에 넣어 주고 있었다. 그러다 앨리스의 모습을 본 동물들은 우르르 앨리스에게로 달려들었다. 꽁지가 빠지게 도망치던 앨리스는 울창한 숲 속으로 들어서서야 안도의 한숨을 내쉴 수 있었다.

앨리스는 숲 속을 거닐며 생각에 골몰했다.

'내 본래의 모습을 되찾는 게 무엇보다 우선이야. 그다음엔 아까 본 그 아름다운 정원으로 가는 길을 찾는 거야. 내가 생각해도 그게 최고로 멋진 계획이야.'

계획으로 치자면 이처럼 멋진 계획이 또 없을 성싶었다. 그렇게만 하면 만사가 술술 풀릴 것만 같았다. 문제는 그 계획을 어떻게 실천하느냐 하는 것이었다. 무슨 좋은 수가 없을까 하며 나무 사이를 두리번거리고 있는데, 머리 위에서 조그맣지만 날카롭게 짖는 소리가 들렸다. 앨리스는 화들짝 놀라서 나무 위를 올려다보았다.

집채만 한 강아지가 커나랗고 동그란 눈을 끔뻑이며 앨리스를 내려다보고 있었다. 강아지는 힘없이 앞발을 뻗어 앨리스를 만지려 하고 있었다.

"가엾은 것!"

앨리스는 강아지를 구슬리려고 휘파람을 불었지만 소리가 잘 나지 않았다. 그러다가 어느 순간, 만약 강아지가 배가 고프면 아무리 얼러도 자기를 잡아먹을지도 모른다는 생각이 들면서 왈칵 겁이 났다.

어찌할 바를 모르다가 앨리스는 나뭇가지 하나를 집어 강아지에게 내밀었다. 그러자 엎드려 있던 강아지가 반갑다는 듯 짖어 대며 네 발로 껑충 뛰어올라서 나뭇가지로 달려들었다. 마치 나뭇가지를 물고 흔들며 장난을 치고 싶다는 투였다. 서로 부딪힐 기세여서 앨리스는 커다란 엉겅퀴 덤불 뒤로 몸을 숨겼다. 그리고는 얼른 다른 쪽으로 얼굴을 빼꼼히 내밀었다. 강아지는 이번에도 나뭇가지로 달려들었다. 나뭇가지를 허겁지겁 물던 강아지의 발과 얼굴이 한순간 엉켰다. 앨리스는 마치 말과 장난을 치는 듯한 느낌이 들었다. 강아지한테 밟힐 것 같으면 얼른 몸을 숨기기를 반복하며 엉겅퀴 주위를 뱅뱅 맴돌았다. 강아지는 싫증도 나지 않는 듯 캉캉 짖어 대며 나뭇가지를 물려고 멀찍이 물러났다 다시 달려들기를 거듭했다. 그러더니 이윽고 혀를 쑥 빼물고 커다란 눈을 반쯤 감은 채 숨을 가쁘게 몰아쉬며 멀찌감치 물러나 털썩 주저앉았다.

기회는 이때다 싶어 앨리스는 '걸음아 날 살려라' 하고 도망쳤다.

숨이 턱에 차도록 달려 완전히 지쳤을 때 강아지 짖는 소리가 저 멀리서 아득히 들려왔다.

"그래도 아주 깜찍한 강아지였어!"

앨리스는 미나리아재비 줄기에 몸을 기댄 채, 그 이파리를 하나 따 부채질을 하면서 땀을 식혔다.

"내 몸이 이렇게 줄어들지만 않았어도 그 녀석에게 갖가지 묘기를 가르칠 수 있었을 텐데⋯⋯. 아, 참. 내 정신 좀 봐! 다시 커져야 한다는 걸 깜빡 잊고 있었어! 가만 있자. 뭔가를 먹거나 마시면 될 텐데. 도대체 뭘 먹어야 하는 거냐고, 뭘?"

바로 그 '무엇'을 찾는다는 게 보통 큰 문제가 아니었다. 주변에 널려 있는 꽃이며 나무, 풀잎 등을 눈여겨 살펴보았으나, '바로 이거다' 싶은 것은 도무지 찾을 수가 없었다. 그런데 앨리스 바로 옆에 자신과 키가 비슷한 버섯이 커다랗게 자라 있었다. 앨리스는 버섯의 앞, 뒤, 양옆을 두루 살펴본 뒤 버섯 꼭대기에

도 무엇이 있는지 살펴보는 게 좋겠다고 생각했다.

까치발을 하고 버섯 꼭대기를 살피던 앨리스는 그 위에 앉아 있는 파란색의 커다란 송충이와 눈이 딱 마주쳤다. 송충이는 앨리스나 그 주위의 일 따위는 안중에도 없는 듯 조용히 팔짱을 끼고 앉아 기다란 물담뱃대를 뻑뻑 빨아 대고 있었다.

5. 송충이의 충고

둘은 한동안 말없이 서로를 마주 보았다. 이윽고 송충이가 물 담뱃대를 입에서 떼며 졸린 목소리로 맥없이 말했다.

"넌 누구지?"

대화를 트기에 적당한 말은 아니라고 생각하면서도 앨리스는 약간 수줍어하며 대답했다.

"저……, 지금은 저도 제가 누군지 잘 모르겠어요. 오늘 아침까지만 해도 알고 있었는데 그 뒤로 워낙 여러 번 바뀌는 바람에……."

"도대체 지금 무슨 소리를 하고 있는 거야? 네가 누구냐니까?"

송충이가 쌀쌀맞게 말했다.

"죄송하지만, 제가 누군지 설명할 길이 없어요. 아시다시피 저는 지금 제가 아니거든요."

"그렇게 말하면 내가 알아들겠니?"

"더 분명하게 말씀드릴 수 없어 죄송해요. 무엇보다 제 스스로 이런 상황을 이해할 수 없으니까요. 오늘 하루 사이에 몇 번씩이나 커졌다 작아졌다 해서 헷갈려요."

앨리스가 공손히 말했다.

"그렇지 않아."

송충이는 무슨 생각에서인지 고집스럽게 말했다.

"무슨 뜻인지 잘 모르시는 모양이군요?"

앨리스는 조금 짜증이 났으나 참을성 있게 설명했다.

"당신이 갑자기 번데기로 변했다가 조금 뒤에 나방으로 변했다고 생각해 보세요. 그럼 어리벙벙해질 거예요. 그렇죠?"

"헷갈릴 게 뭐 있어."

송충이가 뇌까렸다.

"글쎄요. 아직 한번도 생각해 본 적이 없으신 모양인데요. 아시다시피 당신도 언젠가는 번데기로 변할 텐데, 번데기로 변했다가 어느 날 또 나방으로 변한다면 그게 기분이 좀 이상하지 않겠어요?"

앨리스가 말했다.

"아니, 전혀!"

"글쎄, 혹시 당신은 좀 느낌이 다를지도 모르겠네요. 어쨌든 제가 제 자신에 대해서 아주 이상한 느낌을 받고 있는 건 사실이에요."

송충이가 이번엔 얕보듯이 소리쳤다.

"알았어. 그러니까 도대체 넌 누구냐고?"

그들의 대화는 다시 원점으로 돌아가 버렸다. 앨리스는 송충이의 짧게 내던지는 듯한 말투에 은근히 부아가 치밀었다. 그래도 마음을 가다듬고 정색을 하며 말했다.

"그러는 당신은 누구신데요? 그걸 먼저 밝히는 게 예의가 아닐까요?"

"왜?"

이래서 수수께끼 하나가 새로 생겨났다. 그럴듯한 이유가 선뜻 떠오르지 않았다. 게다가 송충이도 기분이 아주 별로인 것 같아서 앨리스는 대화를 포기하고 돌아섰다.

"돌아와! 꼭 해야 할 말이 있어!"

송충이가 그녀의 등에 대고 소리쳤다.

틀림없이 뭔가 작정을 한 듯한 소리 같아서 앨리스는 다시 돌아왔다.

“성질 좀 죽여라.”

“아니, 겨우 그 말 하자고 가는 사람을 불러 세웠어요?”

앨리스는 화가 치밀어 오르는 것을 꾹꾹 누르며 말했다.

“아니.”

앨리스는 딱히 할 일도 없는 데다 혹시 송충이가 도움이 될 만한 말을 해 줄지도 모른다는 생각이 들어 잠자코 기다려 보기로 했다. 송충이는 한동안 말없이 담뱃대만 빨아 대더니 이윽고 팔짱을 풀고 담뱃대를 입에서 뗀 다음 입을 열었다.

“그러니까, 너는 너 자신이 변했다고 생각한다 이거지?”

“안타깝게도 그런 것 같아요. 전에 알고 있던 것들도 통 생각이 안 나고……. 몸이 10분도 채 안 돼 커졌다 작아졌다 하고요.”

“뭘 기억할 수 없는데?”

“글쎄, ‘꼬마 벌은 너무 바빠요.’를 외우려고 했는데 전혀 엉뚱한 시가 튀어나오지 뭐예요!”

앨리스는 스스로가 한심한 듯 한숨을 푹 쉬며 말했다.

“그럼 ‘윌리엄 신부님, 이젠 늙으셨어요.’를 외워 봐라.”

송충이는 마치 선생님이라도 된 듯 명령했다.

앨리스는 양손을 깍지 끼고 시를 외우기 시작했다.

젊은이가 말하기를
"이젠 늙으셨어요, 윌리엄 신부님.
호호백발이 다 되셨군요.
그런데도 줄곧 물구나무를 서고 계시니
그 나이에 어울린다고 생각하세요?"

윌리엄 신부님이 젊은이에게 대답하기를,
"내 젊은 시절엔
머리를 다칠까 봐 겁이 났는데
이젠 머릿속이 텅텅 비어 있으니
자꾸자꾸 하게 되는구나."

젊은이가 말하기를
"말씀드렸다시피, 이젠 늙으셨어요.
그리고 너무너무 뚱뚱해지셨는데
문간에서 공중제비를 넘으시다니
도대체 그 이유가 무엇인가요?"

그 똑똑한 노인네가 백발을 흔들며 말하기를
"내 젊은 시절에

한 통에 1실링 하는 이 연고로
팔다리를 늘 부드럽게 해 두었지.
자네도 두어 통 사지 않겠나?”

젊은이가 말하기를
“이젠 늙으셨어요.
턱도 너무 약해져 비곗살보다 딱딱한 것은 씹지도 못하실 텐데
거위를 뼈다귀와 부리까지 통째로 드시니
도대체 그 비결이 무엇인가요?”

신부님이 말하기를
“내 젊은 시절에
법률 공부에 재미를 붙여
사사건건 마누라와 입씨름하는 바람에
턱 근육이 튼튼해져서
이렇게 여생을 즐기고 있지.”

젊은이가 말하기를
“이젠 늙으셨어요.
그런데 어쩌면 그렇게 시력이 좋으신가요.

코끝에 뱀장어를 세우고 부릴 줄도 아시니
어쩌면 그렇게 재주가 좋으신가요?”

신부님이 말하기를
“세 가지나 대답해 주었으면 됐어,
잘난 척하지 말게!
그 따위 바보 같은 소리에 하루 종일 대꾸해 줄 생각은 없네.
꺼져 버려! 그러지 않으면 아래층으로 차 버릴 테니!”

송충이가 고개를 가로저으며 말했다.
“틀렸어!”
“백 점짜리가 아니란 건 알고 있어요. 죄송해요. 단어 몇 개가
바뀐 것 같아요.”
앨리스가 기어 들어가는 소리로 말했다.
“처음부터 끝까지 몽땅 틀렸어.”
송충이가 단호한 어조로 말하자 한동안 둘 사이에 침묵이 흘
렀다.
침묵을 깬 것은 송충이 쪽이었다.
“키가 어느 정도면 되겠니?”
앨리스가 서둘러 대답했다.

"키가 얼마든 별 상관없어요. 그저 몸이 자주 변하는 게 싫을 뿐이에요. 아시겠어요?"

"모르겠어."

앨리스는 입을 꾹 다물어 버렸다. 이렇게 말이 통하지 않는 상대는 이제껏 처음이었다. 앨리스는 다시금 슬슬 부아가 치밀었다.

"지금 키 정도면 어때?"

송충이가 물어 왔다.

"글쎄요, 당신만 상관없다면 지금보다 조금만 더 컸으면 좋겠어요. 8센티미터는 좀 초라한 것 같아요."

앨리스가 머뭇머뭇 말했다.

"뭐라고? 아주 적당한 키야!"

송충이는 화를 벌컥 내며 일어나 몸을 꼿꼿이 세웠다.(그의 키는 정확히 8센티미터였다.)

가엾은 앨리스는 거의 사정하는 투로 말했다.

"하지만 난 이렇게 작은 게 왠지 어색해요!"

그러면서 속으로 생각했다.

'동물들은 어찌 이렇게 화를 잘 내는지 몰라.'

송충이가 태평스럽게 말했다.

"머지않아 익숙해질 거다."

송충이는 다시 물담뱃대를 입으로 가져가 뻑뻑 빨아 대기 시작했다.

앨리스는 이번에도 송충이가 다시 입을 열 때까지 참을성 있게 기다렸다. 잠시 뒤 입에서 담뱃대를 뗀 송충이는 하품을 두어 번 늘어지게 한 다음 몸을 한 번 부르르 떨었다. 그러더니 버섯에서 내려와 풀숲으로 기어가며 말했다.

"'한쪽'은 네 키를 키워 줄 거고 '다른 쪽'은 줄여 줄 거야."

앨리스는 고개를 갸웃거리며 생각했다.

'무엇의 한쪽이고 무엇의 다른 쪽이란 말일까?'

"버섯 말이야."

송충이는 마치 앨리스의 마음을 훤히 읽기라도 한 듯 이렇게 말하고는 잠시 뒤 시야에서 사라졌다.

홀로 남게 된 앨리스는 한동안 버섯을 바라보며 골똘히 생각에 잠겼다. 어느 쪽이 '한쪽'이고 어느 쪽이 '다른 쪽'인지 알고 싶었던 것이다. 그러나 버섯의 몸통이 워낙 둥그레서 그걸 구별하기란 그리 쉬운 일이 아니었다. 앨리스는 이윽고 양팔을 한껏 벌려 버섯 몸통을 껴안고는 양손으로 가장자리 부분을 각각 한 움큼씩 뜯어냈다.

"그나저나 어느 쪽이 '한쪽'이지?"

앨리스는 우선 오른손에 쥔 버섯 조각을 조금 뜯어 먹었다. 무슨 일이 벌어질지 궁금했다. 그 순간 턱 밑에 강한 충격이 느껴졌다. 몸이 줄어들어 어느새 턱이 발에 부딪히고 만 것이었다.

앨리스는 갑작스러운 변화에 놀라면서도 머뭇거릴 시간이 없다고 생각했다. 부리나케 왼손에 쥔 버섯 조각을 입에 넣으려 했으나 턱이 발에 맞붙어 입을 벌리기조차 쉽지 않았다. 가까스로 버섯 조각을 입에 넣고 꿀꺽 삼켰다.

"야호! 이제 머리를 마음대로 움직일 수 있어!"

앨리스는 이루 말할 수 없는 기쁨에 환호했다. 하지만 곧 그 환호성은 비명으로 바뀌었다. 아무리 아래를 내려다봐도 자신의 어깨가 온데간데없었던 것이다. 보이는 것이라고는 그저 기다랗게 늘어난 목뿐이었다. 앨리스의 목은 저 아래 아득한 곳에서부터 푸른 바다처럼 펼쳐진 숲 위로 마치 식물 줄기처럼 솟아올라 있었다.

"저 아래 펼쳐져 있는 푸른 것들은 뭐지? 내 어깨는 도대체 어디로 사라져 버린 것일까? 아, 불쌍한 내 손! 너희는 또 어디에 있니?"

이렇게 말하며 앨리스는 손을 움직여 봤지만 저 아래에서 푸른 숲의 나무 이파리들만 그저 살랑살랑 흔들리다 말 뿐이었다.

이런 형편이다 보니 손을 도저히 머리 쪽으로 들어 올릴 수 없을 것 같았다. 그래서 앨리스는 머리를 손 쪽으로 숙여 보기로 했다. 다행스럽게도 앨리스는 목을 뱀처럼 부드럽게 마음대로 구부릴 수 있었다. 앨리스는 무척 기뻐하며 목을 S자 모양으로 매끄럽게 구부려 나뭇잎들 사이로 쑥 집어넣었다. 그곳은 바로 앨리스가 아까 헤매고 다녔던 그 숲 속 나무들의 꼭대기였다. 그때 어디선가 휙 하는 소리가 날카롭게 들려왔다. 앨리스는 멈칫하며 목을 웅크렸다. 큼지막한 비둘기 한 마리가 앨리스에게 달려들면서 날개로 사납게 후려치고 있었다.

"으악, 뱀이다!"

비둘기가 비명을 질렀다.

"난 뱀이 아냐! 저리 가, 저리 가라고!"

앨리스도 화가 나서 소리쳤다.

"뱀 맞잖아!"

같은 말을 반복했지만 그 목소리는 조금씩 누그러졌다. 비둘기는 울먹이면서 말을 덧붙였다.

"온갖 짓을 다 해 봤지만 걔들에게 딱 맞는 곳이 없어!"

앨리스가 어리둥절해서 말했다.

"도무지 무슨 말인지 원, 알아들을 수가 없네."

"나뭇등걸, 강둑, 산울타리, 모두 찾아보았지만, 어딜 가나 그 놈의 뱀들 때문에 도통 걔들이 편할 날이 없으니!"

비둘기는 앨리스가 안중에도 없는 듯 말을 이었다.

앨리스에게는 갈수록 수수께끼처럼 들리는 말이었는데, 비둘기가 이야기를 끝낼 때까지는 무슨 말을 해도 소용이 없을 거라는 생각이 들었다.

"알 품는 고생으로도 모자라서, 쳐들어오는 뱀과 싸워야 하지 않나 밤낮없이 망을 봐야 하지 않나, 원! 그놈들 지키느라고 3주 넘게 눈 한번 못 붙여 봤다고!"

그제야 앨리스는 비둘기가 무슨 말을 하는지 알아들을 수 있었다.

"고생이 심했겠구나. 정말 안됐다."

"그래서 가장 키가 큰 나무에 둥지를 막 틀고서, '이제 하늘에서 떨어지지 않는 한 설마 이곳까지 뱀이 쳐들어오지는 못하겠지?' 하고 안도의 한숨을 내쉬던 참인데, 이 원수 같은 뱀 같으니라고!"

비둘기는 바락바락 악을 썼다.

"난 뱀이 아니라고 했잖아! 난……, 나는……."

앨리스가 머뭇거리자 비둘기가 몰아붙였다.

"말해 봐! 그럼 넌 도대체 뭔데? 얼렁뚱땅 둘러댈 생각 마!"

"난……, 난 꼬마 여자아이야."

이렇게 말하면서도 그날 겪었던 수많은 변화를 머릿속에 떠올리자 앨리스는 제 스스로도 확신이 서지 않았다.

그러자 비둘기는 아니꼽다는 투로 말했다.

"아주 그럴듯하군그래! 내가 여태껏 계집아이를 수도 없이 봐 왔지만 너처럼 목이 긴 아이는 처음이야! 암, 어림없지. 넌 뱀이 분명해! 아무리 아니라고 해 봤자 소용없어. 자, 이번에는 새알 같은 건 입에 대 본 적도 없다고 둘러대 보시지그래?"

"무슨 소리야? 난 새알을 먹어 봤어. 너도 알겠지만 꼬마 아이들은 뱀이 먹는 것만큼이나 알을 많이 먹어."

평소 아주 정직했던 앨리스가 당당하게 대답했다.

"믿을 수 없어! 하지만 만약 걔들이 새알을 먹는다면, 뭐 걔들도 뱀이라고 말할 수밖에 없어. 왜, 내 말이 틀려?"

너무도 어이없는 말에 앨리스가 어안이 벙벙해 있는 틈을 타서 비둘기가 말을 덧붙였다.

"넌 새알을 찾고 있었던 거야. 맞지? 내 눈은 못 속여. 그러니까 네가 꼬마 여자아이인지 뱀인지는 몰라도 나한테 중요한 건 그게 아냐!"

앨리스는 서둘러 말했다.

"그건 니한테는 아주 중요한 문제야. 하지만 내가 지금 알을 찾고 있지 않았던 건 사실이야. 혹시 찾고 있었다 해도 네 알을 먹지는 않았을 거야. 난 알을 날것으로는 먹지 않아."

"그렇다면 썩 꺼져 버려!"

비둘기는 골난 표정으로 이렇게 말하고 다시 자기 둥지로 날아가 버렸다. 앨리스는 목이 나뭇가지에 뒤엉켜 있었기 때문에 나무들 사이로 조심스럽게 목을 웅크렸다. 그리고 때때로 주춤거리며 엉킨 목을 풀었다. 그러다가 앨리스는 자신의 손에 아직까지 버섯 조각이 남아 있다는 걸 깨달았다. 그래서 양손에 있는 버섯 조각을 조금씩 번갈아 먹으면서 키를 조절하기 시작했다. 몸은 커졌다 작아졌다 하면서 이윽고 평상시의 키로 되돌아왔다.

하도 오랜만에 원래 키로 되돌아와서 처음에는 너무도 이상하고 어색했지만 머지않아 다시 자기 몸에 익숙해졌다. 여유를 되찾은 앨리스는 평소 버릇대로 자신에게 이야기하기 시작했다.

"자, 이제 계획의 절반은 이루어졌다고 봐야겠지? 몸이 이리 바뀌고 저리 바뀌다 보니 도대체 정신을 차릴 수가 없군! 바로 몇 분 뒤에 또 어떻게 변할지 누가 알겠어! 어찌 됐든 제 모습으로 돌아왔고 다음 차례가……. 맞아, 이제 그 아름다운 정원으로 들어갈 순서군. 무슨 뾰족한 수가 없을까?"

이렇게 말하고 있는데 갑자기 앨리스 앞에 탁 트인 들판이 나타났다. 그곳에는 높이가 1미터 남짓해 보이는 자그마한 집 한 채가 서 있었다.

앨리스는 잠시 생각했다.

‘저곳에 누가 살고 있든 이런 몸집을 보여 줄 수는 없어. 다들 놀라서 뒤로 나자빠질 테니까!’

앨리스는 오른손에 든 버섯 조각을 조금 뜯어 먹었다. 키가 23센티미터 정도로 줄어들자 그 집을 향해 발걸음을 옮겼다.

6. 돼지와 후춧가루

앨리스가 그 집을 쳐다보며 다음 행동을 궁리하고 있는데, 갑자기 제복을 입은 하인(앨리스는 그가 제복을 입고 있어서 하인이라고 생각했는데, 그의 얼굴을 보는 순간 '물고기'라고 부르는 게 낫겠다고 생각했다.) 하나가 숲에서 허둥지둥 달려오더니 주먹으로 대문을 쾅쾅 두드렸다.

문을 열고 나온 이는 얼굴이 둥글고 개구리처럼 눈이 커다란, 제복 차림의 또 다른 하인이었다. 자세히 살펴보니 하인들은 둘다 곱슬머리였고 얼굴에 파우더를 잔뜩 뿌린 모습이었다. 슬슬 호기심이 발동한 앨리스는 그들이 하는 얘기를 엿들으려고 숲에서 살금살금 기어 나왔다.

물고기 하인이 겨드랑이에 끼고 있던, 그의 몸집과 거의 맞먹을 정도로 큰 편지를 꺼내 개구리 하인에게 건네주며 제법 근엄한 목소리로 말했다.

"여왕 폐하께서 공작 부인에게 보내시는 크로케 경기 초대장이외다."

그러자 개구리 하인이 말을 살짝 바꿔서 물고기 하인의 말을 똑같이 근엄한 말투로 복창했다.

"여왕 폐하께서 공작 부인을 크로케 경기에 초대하신 초대장이외다."

두 하인은 서로 마주 보고 허리를 깊숙이 숙여 절을 하다가 그만 두 곱슬머리가 뒤엉켜 버렸다.

이 광경을 지켜본 앨리스는 배를 움켜잡고 깔깔대다가 그들에게 웃음소리가 들렸을지도 모른다는 생각에 황급히 숲 속으로 몸을 숨겼다. 그녀가 다시 얼굴을 내밀고 쳐다보았을 때는 이미 물고기 하인은 사라져 버린 뒤였고, 개구리 하인만 현관 근처 바닥에 주저앉아 멍하니 하늘을 올려다보고 있었다.

앨리스는 조심스럽게 다가가 문을 두드렸다.

그러자 개구리 하인이 말했다.

"두드릴 필요 없어. 그건 두 가지 이유에서지. 첫째는 내가 너처럼 문밖에 나와 있기 때문이고, 둘째는 집 안이 몹시 소란스러워 문 두드리는 소리를 아무도 듣지 못할 것이기 때문이야."

정말 집 안에서는 뭔가 심상치 않은 소리가 시끄럽게 들려오고 있었다. 끊임없이 고함을 지르거나 짖어 대는 듯한 소리가 나는가 하면, 가끔씩 접시나 주전자가 산산조각 나는 듯한 소리가 들려왔다.

앨리스가 말했다.

"그렇다면, 저 안으로 들어가려면 어떻게 해야 하죠?"

하인은 앨리스에게 눈길 한 번 주지 않고 자기 말만 했다.

"우리가 문을 사이에 두고 있어야만 노크에 의미가 있단 말씀이야. 이를테면 네가 안쪽에서 문을 두드리면 내가 문을 열고 너를 밖으로 내보내 줄 수 있다는 말이지. 알겠니?"

하인은 이렇게 말하는 내내 여전히 하늘만 뚫어지게 올려다보고 있었다. 이런 행동 때문에 앨리스는 그가 너무 무례하다고 생각했다.

그러다 혼자서 중얼거렸다.

"하긴 눈이 거의 머리 꼭대기에 달려 있으니 자기도 어쩔 수 없는 일인지 몰라. 어쨌든 대답이야 못 해 줄라고."

그래서 다시 목청을 높여 물었다.

"어떻게 해야 안으로 들어갈 수 있냐고요?"

"난 여기 앉아 있을 거야, 내일까지……."

개구리 하인은 여전히 동문서답이었다.

바로 그 순간 문이 왈칵 열리더니 커다란 접시 하나가 하인의 얼굴을 향해 날아왔다. 접시는 곧장 하인의 코를 아슬아슬하게 스치고 지나간 뒤에 서 있던 나무에 부딪혀 산산조각이 났다. 그러나 개구리 하인은 눈썹 하나 까딱하지 않고 조금 전과 똑같은 말투로 말하고 있었다.

"아니, 어쩌면 그다음 날까지도."

"어떻게 하면 들어갈 수 있죠?"

앨리스가 아까보다 더 큰 소리로 다시 물었다.

하인이 말했다.

"도대체 누가 저길 들어갈 수 있다고 했어? 들어갈 수 있는지 그것부터 물어봐."

듣고 보니 맞는 말이었다. 하지만 앨리스로서는 기분이 좋을 리 없었다.

앨리스는 또 다시 중얼거렸다.

"정말 지긋지긋하군. 어떻게 여기 동물들은 하나같이 다 한 번 붙어 보자는 투야! 미칠 노릇이군!"

앨리스가 중얼거리는 사이에 하인은 좋은 기회라도 만난 듯이 같은 소리를 말만 슬쩍 바꿔 되풀이하고 있었다.

"난 나타났다 사라졌다 하면서 몇 날 며칠이고 여기 앉아 있을 거야."

"그럼 난 어떡하고요?"

"너 좋을 대로 해."

하인은 이렇게 말하고는 휘파람을 불기 시작했다.

"이런 자와 이야기해 봐야 아무 소용도 없겠어. 바보 천치가 따로 없군!"

이렇게 자포자기하는 심정으로 혼잣말을 하고서 앨리스는 스스로 문을 열고 안으로 들어섰다.

그 문은 곧장 넓은 부엌으로 이어져 있었다. 부엌은 온통 연기로 자욱했다. 공작 부인은 한복판에 놓여 있는 세 발 의자에 앉아 아기를 어르고 있었으며, 요리사는 아궁이 쪽으로 몸을 구부리고 수프가 들어 있을 것으로 보이는 커다란 솥을 젓고 있었다.

"에에, 에취! 수프에, 후춧가루를, 에취! 너무 많이 넣은 것 같군!"

앨리스는 재채기를 해 대며 간신히 중얼거렸다.

온 방 안 공기 속에 후춧가루가 섞여 떠다니는 게 틀림없었다. 공작 부인도 이따금 재채기를 했고, 아기도 연신 재채기와 앙앙 울기를 반복했다. 숨이 붙어 있는 것들 중 부엌 안에서 재채기를 하지 않는 것은 요리사와 아궁이 앞에 앉아 입이 찢어져라 웃고 있는 커다란 고양이뿐이었다.

“저, 이야기 좀 해 주세요.”

먼저 말을 거는 게 혹 실례는 아닐까 걱정하며 앨리스는 조심스럽게 말을 붙였다.

“저기, 고양이가 왜 저렇게 웃고 있지요? ”

“체셔 고양이라서 그런단다. 바로 그 때문이지, 이 돼지야!”

공작 부인의 마지막 말이 너무나 갑작스럽고 사나워서 앨리스는 화들짝 놀랐다. 그러나 곧바로 그것이 자기에게 하는 소리가 아니라 아기에게 한 말이라는 걸 깨닫고 용기를 내어 말을 이었다.

“체셔 고양이는 항상 웃는다는 걸 몰랐어요. 사실 전 고양이가 웃을 수 있다는 것조차 처음 안 걸요.”

공작 부인이 말했다.

“모든 고양이는 웃을 수 있지. 그리고 거의 모든 고양이가 실제로 웃는단다.”

앨리스는 공작 부인과 대화를 나누게 된 것이 기쁘기 그지없어 공손하게 말했다.

“어느 고양이나 웃는다는 것도 처음 알았어요.”

“넌 모르는 게 많구나. 어쨌든 그건 사실이다.”

공작 부인이 말했다.

앨리스는 공작 부인의 말투가 영 못마땅했지만 화제가 바뀌면 나아질지도 모른다고 생각했다. 그녀가 다른 화제를 찾아 생각을 집중하고 있을 때, 요리사가 아궁이에서 수프 솥을 내려놓더니 느닷없이 닥치는 대로 물건을 집어 공작 부인과 아기를 향해 던지기 시작했다. 먼저 부지깽이가, 그리고 그 뒤를 이어 소스 냄비, 쟁반, 접시 등이 우박처럼 쏟아져 날아왔다. 공작 부인은 날아든 물건에 맞고도 눈썹 하나 까딱하지 않았다. 아기는 아까부터 울고 있었던 까닭에 날아온 물건에 맞아 우는 건지 그냥 우는 건지 알 도리가 없었다.

앨리스는 공포에 질려 길길이 뛰며 고래고래 고함을 질렀다.

"이게 도대체 무슨 짓이에요! 아기의 귀여운 코 쪽으로 날아가고 있잖아요!"

어마어마하게 큰 소스 냄비가 아기의 코앞을 아슬아슬하게 비껴 지나갔던 것이다.

공작 부인이 투박한 목소리로 투덜거렸다.

"모든 사람이 자기 일에만 열심이라면 이 세상은 지금보다 더 빨리 돌아갈 텐데."

앨리스는 자기 지식을 조금이나마 자랑할 기회가 생긴 게 기뻐서 서둘러 대꾸했다.

"그게 반드시 좋은 것만은 아니에요. 밤과 낮이 뒤바뀌면 어떡하죠? 아시다시피 지구가 그 축을 중심으로 한 바퀴 도는 데

스물네 시간이 걸리는데……."

갑자기 공작 부인이 앨리스의 말을 끊으며 소리쳤다.

"도끼라 이거지? 그래, 당장 저 애의 목을 쳐라!"(영어로 '축(axis)'과 '도끼(axes: 도끼의 복수형)'은 발음이 비슷하다.)

앨리스는 공작 부인이 왜 갑자기 이런 말을 하는지 뭔가 단서를 얻어 보려고 조금은 걱정스럽게 요리사를 힐끔 쳐다보았다. 그러나 요리사는 수프를 젓느라 바빴다. 이쪽으로는 전혀 귀를 기울이고 있지 않는 듯했다. 그래서 앨리스는 다시 말을 이었다.

"스물네 시간이 걸릴 거예요. 아니, 열두 시간인가?"

그러자 공작 부인이 말했다.

"귀찮게 좀 굴지 마. 난 숫자라면 아주 질색이다."

공작 부인은 다시 아기를 어르기 시작했다. 그녀는 자장가 비슷한 노래를 아기에게 불러 주면서 한 소절이 끝날 때마다 아기를 난폭하게 흔들어 댔다.

네 아기한테는 모질게 말하고
재채기를 하면 때려 주어라.
아기는 오로지 화를 돋우고 싶은 게지.
그게 곯려 주는 일인 걸 뻔히 아니까.

후렴

(요리사와 아기가 따라 부른다.)

와우! 와우! 와우!

2절을 부르는 동안에도 공작 부인은 계속해서 아기를 위아래로 거칠게 흔들었다. 그 불쌍한 어린것이 어찌나 자지러지게 울어 대던지 앨리스는 가사를 거의 알아듣지 못할 지경이었다.

난 내 아기한테 엄하게 말하고

재채기하면 아기를 때려 주지.

아기가 기분 내킬 땐 언제라도

후춧가루를 즐길 준비가 되어 있으니까!

후렴

와우! 와우! 와우!

"자, 원한다면 네가 한 번 아기를 달래 봐! 난 여왕 폐하와 크로케 경기를 할 채비를 하러 가야겠다."

공작 부인은 이렇게 말하며 안고 있던 아기를 내팽개치듯 앨리스에게 내밀었다.

그러고는 서둘러 식당에서 나가 버렸다. 그녀가 나갈 때 요리사가 또다시 프라이팬을 던졌지만 다행히 그녀를 비껴 지나갔다.

아기가 이상하게 생긴 데다 팔다리를 사방으로 내뻗고 있어서 앨리스는 아기를 안기가 꽤나 어려웠다. 앨리스는 아기가 꼭 불가사리 같다고 생각했다. 앨리스가 아기를 안아 들자 불쌍한 어린것은 마치 증기 기관차의 엔진처럼 거칠게 숨을 몰아쉬면서 연신 몸을 잔뜩 오므렸다 폈다 했다. 그 때문에 처음 몇 분 동안은 아기를 붙잡고 있기도 힘들었다.

아기를 제대로 안아 들자마자(그 방법이란, 마치 매듭을 묶듯이 아기를 비틀어서 오른쪽 귀와 왼발을 꽉 졸라매듯 한 것이다. 그러면 저절로 풀어지지 않았다.) 앨리스는 집 밖으로 나왔다.

앨리스는 아기를 바라보며 생각했다.

'내가 이 아기를 데리고 가지 않으면 하루나 이틀 사이에 이 아기를 죽이고 말 게 틀림없어.'

그러다가 큰 소리로 외쳤다.

"그럴 줄 뻔히 알면서도 그냥 모른 채 떠나는 건 아기를 죽이는 것이나 다름없어!"

앨리스가 이렇게 말하자 아기는 대답이라도 하듯 꿀꿀거렸다.(어느새 재채기는 멎어 있었다.)

"꿀꿀, 꿀꿀. 그런 소리 내지 마! 그런 소리로 네 생각을 표현

하는 건 좋지 않아."

그런데 아기가 다시 꿀꿀거리자 앨리스는 이상한 생각이 들어 걱정스런 눈길로 아기의 얼굴을 자세히 살펴보았다. 아기의 코는 한껏 치켜 올라간 들창코였는데 사람의 코라기보다는 짐승의 코에 훨씬 가까웠다. 눈도 아무리 아기의 눈이라 해도 심하다 싶을 정도로 작아서 다시는 들여다보고 싶지 않은 그런 얼굴이었다.

'아냐, 어쩌면 울어서 이렇게 됐는지 몰라.'

여기에 생각이 미치자 앨리스는 눈에 눈물이 고여 있는지 다시 한 번 들여다보았다.

그런데 어찌 된 일인지 눈물은 한 방울도 보이지 않았다.

앨리스는 심각해져서 아기에게 말했다.

"만약 네가 돼지로 변한다면 난 너랑은 더 이상 같이 있지 않을 거야. 알았지?"

그러자 불쌍한 아기가 다시 훌쩍거렸다.(아니 꿀꿀거렸다고 해야 할까? 아무튼 어느 쪽이라고 딱 잘라 이야기할 수 없었다.) 앨리스는 아기를 안고 한동안 그저 말없이 걷기만 했다.

앨리스는 다시 생각에 잠겼다.

'이 녀석을 집으로 데려가면 난 도대체 무얼 어떻게 해야 하는 걸까?'

다시 아기가 요란스럽게 꿀꿀거리기 시작하자 앨리스는 약간 놀라서 아기를 들여다보았다. 이번에는 확신할 수 있었다. 틀림없는 새끼 돼지였다. 그렇다면 돼지를 계속 안고 가는 것은 정말로 어리석은 일이라는 생각이 들었다.

그래서 땅에 내려놓자 새끼 돼지는 숲 속으로 뛰어가 조용히 사라졌다. 앨리스의 마음은 날아갈 듯 홀가분해졌다.

앨리스는 또 중얼거리고 있었다.

"저것이 자라면 보나 마나 굉장히 못생긴 아이가 될 거야. 하지만 돼지라면 꽤 잘생긴 편일지도 몰라."

어느새 앨리스는 자기가 잘 아는 아이들 중에서 돼지같이 구는 아이들을 떠올리고 있었다.

'개들을 바꿔 놓을 방법을 누군가 알고 있다면……'

그때 앨리스는 몇 미터 앞 나뭇가지에 체셔 고양이가 앉아 있는 것을 발견하고는 약간 겁이 났다.

그러나 그녀를 바라보는 고양이는 여전히 웃고 있었다. 마음씨 착한 고양이로 보였다. 하지만 발톱이 길고 이빨이 엄청나게 많은 것을 보고 조심스럽게 대해야겠다고 생각했다.

"체셔 고양이야!"

앨리스는 고양이가 이렇게 부르는 것을 좋아할지 몰라 머뭇거리며 고양이를 불렀다. 그러나 고양이는 입을 좀 더 크게 벌리고 웃기만 할 뿐이었다.

'옳지, 아직까지는 기분이 그리 나빠 보이지 않는군.'

그렇게 생각한 앨리스가 말을 이었다.

"여기서 어디로 가야 할지 길 좀 가르쳐 주겠니?"

"그거야 네가 가고 싶은 곳이 어디냐에 따라 다르지."

고양이가 말했다.

"난 어딜 가든 별 상관이 없어……."

"그럼 네가 가고 싶은 길로 가."

"어딘가로 가기만 한다면."

앨리스가 좀 더 설명한다는 말이 이런 식이었다.

"오호, 그렇다면 걱정 마. 넌 할 수 있어. 계속 걷다 보면 그곳이 어디든 좌우간 도착하게 될 테니까."

고양이의 말은 어김없는 사실이었다. 그래서 앨리스는 질문을 바꿔 보기로 했다.

"여기엔 어떤 사람들이 살고 있지?"

고양이가 오른발을 빙빙 돌리면서 말했다

"저쪽으로 가면 '모자 장수'가 살고 있고……."

이번엔 왼발을 흔들며 말했다.

"저쪽 방향으로 가면 '3월의 산토끼'가 살고 있지. 둘 다 미쳤으니까, 너 내키는 대로 찾아가 봐."

"미친 사람들 속에 끼어들고 싶진 않아."

그러자 고양이가 말했다.

"글쎄, 너라도 어쩔 수 없을걸. 여기 있는 것들은 하나같이 다 미쳤으니까. 나도 미쳤고, 너도 미쳤어."

"내가 미쳤는지 어떻게 알지?"

앨리스는 부아가 치밀었지만 꾹꾹 눌러 참고 물었다.

"아무렴, 미쳤고말고. 안 그러면 이런 데를 왔을 리가 없잖아?"

앨리스는 고양이의 말이 옳다고 생각하지는 않았다. 하지만 계속해서 물었다.

"그럼 너는 너 자신이 미쳤다는 걸 어떻게 알았지?"

"우선, 개를 생각해 보자고. 개가 미쳤다고 생각해? 미치지 않았지?"

"아마 그럴 거야."

고양이는 신이 나서 말했다.

"좋아. 그렇다면, 너도 개가 화가 나면 으르렁대고 기분이 좋으면 꼬리를 흔든다는 것쯤은 알고 있겠지? 그런데 난 반대야. 기분이 좋으면 으르렁대고 화가 나면 꼬리를 흔들어. 그러니까 난 미친 거야."

"난 고양이가 '으르렁댄다'는 말은 안 써. 그럴 때는 '가르랑

거린다'고 말해."

"그런 건 아무래도 좋아!"

여기서 고양이는 갑자기 화제를 바꾸었다.

"그나저나, 너도 오늘 여왕님과 크로케 경기를 하니?"

앨리스가 대꾸했다.

"나도 그 경기를 아주아주 좋아하지만 아직 초대받지 못했어."

"거기 오면 날 볼 수 있을 거야."

이 말을 남기고 고양이는 사라져 버렸다. 그런데도 이제 이상한 일에 익숙해질 대로 익숙해진 앨리스는 별로 놀라지 않았다. 어떻게 해야 할지 몰라 고양이가 앉아 있던 자리를 한동안 바라보고 서 있는데 고양이가 다시 불쑥 나타나 물었다.

"깜빡 잊고 있었는데, 아기는 어떻게 됐지?"

앨리스는 고양이가 다시 나타난 게 당연하다는 듯 아무렇지도 않게 대답했다.

"돼지로 변해 버렸어."

"내 그럴 줄 알았지."

고개를 끄덕이던 고양이는 금세 다시 사라져 버렸다.

앨리스는 고양이가 다시 나타나기를 은근히 바라며 그 자리를 잠시 지켰다. 그러나 그 기대가 무너지자 '3월의 산토끼'가

산다는 방향으로 걷기 시작했다.

"모자 장수는 여럿 봤으니까 '3월의 산토끼'를 만나는 게 훨씬 재미있을 거야. 그리고 지금이 5월이니까 아무래도 3월처럼 미쳐 있진 않겠지."(3월이면 토끼는 짝짓기 철이어서 거칠고 사나워진다.)

이렇게 중얼거리며 문득 위를 보니 다시 고양이가 나타나 나뭇가지 위에 앉아 있었다.

"너 아까 '돼지'라고 했어, '대지'라고 했어?"

고양이가 물었다.

"'돼지'라니까! 그리고 제발 그렇게 갑자기 나타났다 사라졌다 하지 마! 너만 보면 정신이 온통 산만하다고!"

"알았어."

이렇게 대답한 고양이는 꼬리 끝부터 점점 사라지기 시작하더니 맨 마지막으로 웃는 얼굴이 서서히 사라졌다. 고양이의 웃는 얼굴은 몸뚱이가 모두 사라진 뒤에도 한동안 그대로 남아 있었다.

'세상에! 웃지 않는 고양이는 자주 봤지만, '고양이 없는 웃음'이란 듣도 보도 못했어! 아마 내가 겪은 일 중에서 가장 이상한 일일 거야!'

앨리스는 얼마 가지 않아서 '3월의 산토끼'집을 발견했다. 토끼 귀를 닮은 굴뚝이며 털로 덮인 지붕으로 볼 때 그 집이 틀림없었다. 그 집은 꽤 커 보였다. 앨리스는 키가 60센티미터 정도로 늘어날 때까지 왼손에 들고 있던 버섯 조각을 뜯어 먹었다. 키가 커지고 나서도 앨리스는 아주 조심스럽게 그 집으로 다가갔다.

"혹시 토끼가 미쳐서 몹시 날뛸지도 몰라! 모자 장수네 집으로 갈 걸 그랬나 봐!"

7. 미치광이들의 티 파티

그 집 앞의 나무 밑에는 식탁이 하나 마련되어 있었다. '3월의 산토끼'와 '모자 장수'가 그 식탁에 앉아 차를 마시고 있었다. 그들은 자기들 사이에 끼어 앉아 세상모르게 잠들어 있는 겨울잠쥐(쥐의 일종으로 동면을 하고 야행성이라 낮에도 대개 잠을 잔다.)를 쿠션 삼아 그 위에 팔꿈치를 얹고 쥐의 머리 위로 이야기를 나누고 있었다.

'겨울잠쥐가 얼마나 불편할까? 하지만 잠에 빠져서 잘 모르겠지?'

앨리스는 생각했다.

식탁은 제법 널찍했는데도 웬일인지 그들 셋은 한쪽에 몰려

앉아 있었다. 그러고서는 앨리스가 다가오는 걸 보고 이렇게 소리쳤다.

"자리가 없어! 우리만으로도 비좁아!"

앨리스는 화를 벌컥 내며 소리쳤다.

"자리만 많은데 뭘! 이렇게 넉넉하잖아!"

앨리스는 식탁 한쪽에 놓여 있는 커다란 안락의자를 차지하고 앉았다.

"포도주 한잔 마실 거야?"

'3월의 산토끼'가 다독이듯 말했다. 그러나 아무리 둘러봐도 식탁 위에는 차 말고는 아무것도 눈에 띄지 않았다.

"포도주가 어디 있다고 그래?"

앨리스가 약간 어리둥절해서 토끼를 바라보았다.

"없어. 포도주라곤 한 방울도 없어."

토끼가 이죽거렸다.

"있지도 않은 걸 권하는 건 실례야."

앨리스가 화를 내며 말했다.

"권하지도 않았는데 멋대로 식탁에 앉는 건 실례가 아닌가?"

토끼도 지지 않았다.

"이 식탁이 네 것인 줄 몰랐어. 게다가 세 사람도 훨씬 넘게 앉을 수 있을 것 같아서."

앨리스가 대답했다.

"머리카락을 잘라야 되겠구나."

모자 장수가 입을 열었다. 호기심에 가득 찬 눈으로 한동안 앨리스를 넌지시 바라보고 있던 그의 첫마디였다.

"남의 일에 시시콜콜 간섭하지 않는 것부터 배워야겠군. 그건 무례한 짓이야."

앨리스가 따끔하게 한마디 했다.

이 말에 모자 장수의 눈이 휘둥그레졌으나 정작 입에서는 엉뚱한 소리가 튀어나오고 있었다.

"갈까마귀는 왜 책상처럼 생겼을까?"

'오호라, 이거 재미있겠는걸?'

앨리스는 이렇게 생각하며 큰 소리로 말했다.

"수수께끼라면 대환영이야……. 알 것도 같은데?"

"그렇다면, 네가 답을 알아맞힐 수 있다는 뜻이야?"

토끼가 비아냥거리듯 말했다.

"그렇다니까!"

"그럼 알아맞혀 봐."

"어려울 거 없지. 난 적어도…… 적어도 내가 말하고 있는 것은 벌써 내가 생각하고 있는 거야……. 뭐 둘 다 똑같은 거 아니겠어? 아는 걸 말하는 거나, 말하는 걸 아는 거나."

"그게 어떻게 같을 수 있어? '나는 내가 먹는 그것을 본다.'랑 '나는 내가 보는 그것을 먹는다.'가 같단 말이야?"

모자 장수가 나섰다. 그러자 '3월의 산토끼'도 한마디 거들었다.

"그래, 네 말이 맞아. '나는 내가 가진 걸 좋아한다.'랑 '나는 내가 좋아하는 것을 가진다.'가 같을 수는 없으니까 말이지."

이때 잠들어 있던 겨울잠쥐까지도 잠꼬대를 하듯 끼어들었다.

"그러니까 이런 결국 이런 얘기잖아. '나는 잠잘 때 숨을 쉰다.'가 '난 숨쉴 때 잔다.'와 다를 게 없다 뭐 이런 얘기."

"그건 너한테나 같은 거지!"

모자 장수의 말을 끝으로 대화는 중단되고 어색한 침묵만 계속됐다. 그 사이 앨리스는 갈까마귀와 책상에 대해 아는 걸 죄다 기억해 내려고 했지만 도대체 아는 게 몇 가지 되지 않았다.

먼저 침묵을 깬 것은 모자 장수였다.

"오늘이 며칠이지?"

그는 앨리스 쪽을 돌아보며 이렇게 묻고는 주머니에서 시계를 꺼내 거정스러운 듯 쳐다보았다. 그러고는 시계를 흔들어 보기도 하고 귀에 대고 소리를 들어 보기도 했다.

앨리스는 잠깐 생각해 보고 나서 대답해 주었다.

"4일이야."

“이런, 이틀이나 틀리는군.”

모자 장수가 한숨을 내쉬었다. 그러고는 화난 눈길로 토끼를 쳐다보며 말했다.

“이 시계에는 버터가 좋지 않다고 했잖아!”

“그래도 최고급 버터였는데.”

토끼가 풀이 죽어 대답했다.

“그건 알아. 그렇다면 빵 부스러기가 들어간 게 분명해. 빵 칼로 집어넣는 게 아니었어!”

모자 장수는 여전히 화가 풀리지 않은 것 같았다.

토끼는 모자 장수에게서 시계를 받아 들고는 우울한 시선으로 바라보다가 이번에는 찻잔 속에 담그고 다시 들여다보았다. 그러나 달리 떠오르는 말이 없는지 조금 전에 한 말을 되풀이했다.

“그래도 최고급 버터였는데.”

호기심에 가득 차 ‘3월의 산토끼’의 어깨 너머로 시계를 바라보고 있던 앨리스가 이상하다는 듯 입을 열었다.

“참 이상한 시계도 다 있네. 시간은 안 나타나고 날짜만 나타나네!”

그러자 모자 장수가 투덜거렸다.

“그게 뭐가 이상해? 그럼 네 시계에는 올해가 몇 년이라는 것도 나와 있니?”

앨리스는 심드렁하게 대답했다.

"물론 안 나와. 일 년은 매우 기니까 굳이 나타낼 필요가 없잖아."

"내 시계가 바로 그런 경우지."

앨리스는 마치 여우에게 홀린 듯한 기분이었다. 모자 장수가 쓰는 말이 영어인 건 분명했지만 앨리스에게는 거기에 아무런 뜻도 담겨 있지 않은 것처럼 들렸기 때문이다.

"뭐라고 하는지 도통 알아들을 수가 없어."

앨리스는 한껏 공손하게 말했다.

"겨울잠쥐가 다시 잠들었어."

이렇게 말하며 모자 장수는 잠든 겨울잠쥐의 코에 뜨거운 찻물을 살짝 들이부었다.

겨울잠쥐는 귀찮다는 듯 머리를 흔들더니 여전히 눈도 뜨지 않은 채 말했다.

"맞아, 맞아. 내가 하고 싶었던 말이 바로 그거야."

모자 장수가 다시 앨리스를 돌아보며 물었다.

"아직도 수수께끼를 생각하고 있니?"

앨리스가 대답했다

"아니, 난 포기했어. 그나저나 답이 뭐지?"

"난 감도 잡히질 않아."

모자 장수가 이렇게 말하자 토끼도 맞장구를 쳤다.

"나도 그래."

앨리스는 어처구니가 없어 한숨을 내쉬었다.

"차라리 그 시간에 다른 걸 하는 게 낫겠어. 답도 모르는 수수께끼를 푸느라 그것을 낭비하느니 말이에요."

그러자 모자 장수가 말했다.

"네가 나만큼 시간에 대해 잘 안다면 '그것'을 낭비한다고 말하지는 않을 거야. '그분'을 낭비한다고 말하지."

"무슨 소리야?"

앨리스가 머리를 갸우뚱거리며 말했다. 그러자 모자 장수가 고개를 치켜들고 깔보듯 말했다.

"알 턱이 있나! '시간'과 말 한마디 나눠 본 적도 없을 테니까."

"그럴지도 몰라. 하지만 음악을 배우려면 박자를 맞춰야 하는데."

이 말을 듣던 모자 장수가 무릎을 치며 말했다.

"옳아, 바로 그거야! 그래서 시간이 두들겨 맞는 걸 못 참는구나.(영어에서는 '박자를 맞추다'와 '두들기다'를 뜻하는 단어가 똑같다.) 시간에게 말만 잘하면 네가 원하는 것을 거의 다 들어줄 거야. 한 가지 예를 들어 볼까? 지금이 아침 아홉 시라고 치자고. 수업이 시작될 시간이잖아? 이럴 때 시간에게 살짝 속삭이기만 하면, 시간은 눈 깜짝할 사이에 시곗바늘을 돌려놓지! 오, 예! 한 시 반, 바로 점심시간이 되는 거야!”

‘그렇게만 된다면 얼마나 좋을까!’

토끼는 남에게는 들리지 않게 작은 소리로 중얼거렸다.

앨리스가 생각에 잠겨서 말했다.

“그렇게만 된다면 정말 멋지겠다. 하지만 그 시간에는……배가 고프지 않을 텐데, 어떡하지?”

모자 장수는 의기양양해졌다.

“처음에는 그럴지도 모르지. 하지만 네가 원한다면 시간을 한 시 반에 붙잡아 놓을 수도 있어.”

“너도 그렇게 하고 있니?”

모자 장수는 슬픈 표정이 되더니 고개를 가로저었다.

“난 안 돼! 우린 지난 3월에 싸웠거든. 바로 저 친구가 미치기 직전에 말이야.(모자 장수는 찻숟가락으로 토끼를 가리켰다.) 하트 여왕 폐하가 개최한 대음악회에서 노래를 하다 그만 그렇게 됐이. 이런 노래를 했거든.”

　　반짝, 반짝, 꼬마 박쥐!
　　넌 지금 뭘 하고 있니!

“아마 너도 이 노래를 알 거야.”

“글쎄, 그 비슷한 노래를 들어 본 적은 있어.”

“내친 김에 계속해 볼까? 그다음은 이런 식이야.”

모자 장수가 노래를 이어 갔다.

하늘을 나는 차 쟁반처럼

세상 저 너머로 날아가네

반짝반짝…….

이때 겨울잠쥐가 몸을 부르르 떨더니 잠결에 노래를 따라 부르기 시작했다.

“반짝, 반짝, 반짝, 반짝…….”

그대로 두면 노래가 한도 끝도 없이 계속될 것 같아서 그들은 겨울잠쥐를 꼬집어 입을 다물게 했다.

겨울잠쥐가 입을 다물자 모자 장수가 이야기를 계속했다.

“그런데 말이야. 그때 난 1절도 채 끝내지 못한 상태였는데, 여왕 폐하께서 갑자기 호통을 치시는 거야. ‘저 녀석이 시간을 죽이고 있구나! 당장 저놈의 목을 베어 버려라!’ 하고 말이야.”

“너무 야만적이야!”

앨리스가 소리쳤다. 모자 장수가 서글픈 목소리로 말을 이었다.

"그때부터 '시간'은 내가 부탁하는 건 하나도 들어주지 않아. 그래서 요즘은 항상 여섯 시야."

그 말을 듣자 앨리스의 머릿속에 퍼뜩 떠오르는 게 있었다.

"아, 그래서 여기에 찻그릇들이 이렇게 널브러져 있구나!"

모자 장수가 한숨을 쉬며 말했다.

"그래, 맞아. 하루 종일 차 마시는 시간이다 보니 그릇을 닦을 새가 없어서 그렇게 됐어."

"그래서 탁자 주변에서 이리저리 옮겨 다니고 있구나?"

앨리스가 안타깝다는 듯 말했다.

"바로 맞혔어. 이번 차 마시는 시간이 끝나면 또 다른 자리로 옮기는 거지."

모자 장수가 또다시 한숨을 쉬며 말했다. 앨리스는 용기를 내어 물었다.

"하지만 그렇게 자리를 옮기다 보면 언젠가는 처음 자리로 돌아올 텐데. 그땐 어떻게 하니?"

"화제를 바꾸는 게 좋겠군."

'3월의 산토끼'가 하품을 늘어지게 하면서 이야기 중간에 끼어들었다.

"이 이야기에는 이제 신물이 났어. 아가씨가 재미있는 이야기 하나 해 보는 게 어때?"

갑작스런 제안에 앨리스는 깜짝 놀라며 말했다.

"이걸 어쩌지, 아는 얘기가 하나도 없는데."

그러자 토끼와 모자 장수가 동시에 소리쳤다.

"그럼 겨울잠쥐에게 시켜 보지 뭐! 어이, 겨울잠쥐 일어나 봐!"

그러더니 양쪽에서 쥐를 마구 꼬집었다.

잠자던 쥐가 슬그머니 눈을 떴다.

"난 자지 않았어. 너희가 하는 얘기 하나도 빼놓지 않고 다 들었다고."

잠이 덜 깨 거칠고 힘없는 목소리였다.

"이야기 하나만 해 줘!"

'3월의 산토끼'가 졸랐다.

"그래, 부탁이야! 하나만."

앨리스도 거들었다.

"빨리 해! 그러지 않으면 입을 떼기도 전에 또 잠들어 버릴 테니까!"

모자 장수도 지지 않았다.

겨울잠쥐가 서둘러 이야기보따리를 풀었다.

"옛날 옛날에 엘시, 레시, 틸리라는 세 자매가 우물 밑에서 살았어……."

"그런 데서 뭘 먹고 살았지?"

언제나 먹고 마시는 것에 관심이 많은 앨리스가 물었다. 겨울 잠쥐가 한참을 생각하더니 대답했다.

"당밀을 먹고 살았어."

그러자 앨리스가 점잖게 말했다.

"세 자매는 당밀을 먹을 수 없어. 알겠지만 세 자매 모두 아팠잖아."

겨울잠쥐가 인정을 했다.

"그래, 맞아. 그것도 아주 심하게."

앨리스는 우물 밑에서의 생활은 뭔가 색다를 것 같아서 상상을 해 보려고 했지만 그건 너무 수수께끼 같아서 그냥 다음 질문으로 넘어갔다.

"왜 하필 우물 밑에서 살았을까?"

"차나 한 잔 더 마시지 그래."

토끼가 앨리스에게 아주 간곡하게 말했다.

"지금까지 한 잔도 마시지 않았는데 어떻게 '한 잔 더' 마신다는 말이야."

앨리스가 화난 표정으로 툴툴댔다. 그러자 모자 장수가 말했다.

"덜 마실 수 없다는 말이겠지. 더 마시기는 아주 쉬운 일이야."

앨리스가 말했다.

"네 의견을 물은 게 아니니까 끼어들지 좀 마!"

"지금 이야기 도중에 개인적인 얘기로 끼어든 게 누구더라?"

모자 장수가 기다렸다는 듯 말했다.

대꾸할 말이 궁색해진 앨리스는 하는 수 없이 차를 몇 모금 홀짝거리고 버터 바른 빵을 조금 먹고 나서 겨울잠쥐에게 다시 물었다.

"그들은 왜 하필 우물 밑에서 살았지?"

겨울잠쥐는 한참 생각에 잠기더니 대답했다.

"그곳은 당밀 샘이었어."

"세상에 그런 게 어디 있어!"

앨리스는 몹시 화가 나기 시작했는데, 모자 장수와 '3월의 산토끼'는 동시에 "쉿! 쉿!" 하며 눈치를 주었다. 겨울잠쥐는 뚱한 표정으로 말했다.

"잠자코 듣지 않으려면 나머지 이야기는 네가 해!"

앨리스는 난감해져서 사정하는 투로 말했다.

"아냐, 제발 계속해 줘! 다신 방해하지 않을게. 다시 생각해 보니 그런 것도 있을 것 같아."

"두말하면 잔소리지. 암, 있고말고!"

겨울잠쥐는 화를 벌컥 내면서도 이야기를 이어 나갔다.

"세 자매는 그곳에서 뭔가를 긷는 법을 배우고 있었지……."

"긷다니 뭘 긷는데?"

조금 전의 약속을 까맣게 잊고 앨리스가 또 물었다. 그러자 겨울잠쥐가 이번에는 망설이지도 않고 즉시 대답했다.

"당밀!"

그때 모자 장수가 끼어들었다.

"난 깨끗한 컵이 필요해. 모두 한 자리씩 옆으로 옮기는 게 어때?"

모자 장수는 말을 하면서 벌써 엉덩이를 들어 올려 자리를 옮겼고, 겨울잠쥐가 그 뒤를 따랐다. 그렇게 되자 토끼는 겨울잠쥐의 자리로 가야 했고, 앨리스는 내키지 않았지만 '3월의 산토끼' 자리로 옮겨야 했다. 자리를 바꿔서 이득을 본 건 모자 장수뿐이었는데, 특히 앨리스의 상황이 가장 좋지 않았다. 방금 토끼가 우유 단지를 접시에 엎어서 그 자리는 한마디로 엉망이었던 것이다.

겨울잠쥐가 다시 화내는 것을 원치 않았으므로 앨리스는 아주 조심스럽게 입을 열었다.

"이해가 안 돼. 도대체 그들이 어디에서 당밀을 길은 거야?"

그러자 모자 장수가 대신 대답했다.

"그야 당연히 물은 우물에서 긷고 당밀은 당밀 샘에서 긷는 거지. 이런 멍청한 녀석 같으니라고!"

"하지만 그들은 우물 속에서 살고 있다며?"

앨리스는 모자 장수의 마지막 말을 애써 무시하고 겨울잠쥐에게 말했다.

"물론 우물 속에서 살았지."

겨울잠쥐의 대답에 앨리스는 가엾게도 점점 더 혼란스러워지기만 했다. 앨리스는 하는 수 없이 겨울잠쥐의 다음 말을 잠자코 들어 보기로 했다.

겨울잠쥐는 졸음이 오는지 계속 하품을 하고 눈을 비벼 가며 이야기를 계속했다.

"그들은 이것저것 많은 것을 길어 올렸어……. M 자로 시작하는 건 뭐든지 다…….'

"왜 하필 M이야?"

"왜냐고? 그러면 안 된다는 법이라도 있어?"

'3월의 산토끼'가 짜증을 냈다.

앨리스는 잠자코 입을 다물었다.

겨울잠쥐는 그새 눈을 감고 졸다가 모자 장수가 꼬집는 바람에 깜짝 놀라 낮은 비명과 함께 깨어나서는 이야기를 계속했다.

"M 자로 시작하는 것, 예를 들면 쥐덫(mouse traps), 달(moon),

추억(memory) 따위를 길어 올렸어. 참, '많음(muchness)'도 길어 올렸는데, 모두 알고 있지? 왜 '대동소이(much of a muchness)'라는 말. 바로 그 말에서 쓰는 '많음'이야. 그나저나 '많음'을 긷는다는 말을 전에 들어 본 적 있어?"

이제 앨리스는 머리가 온통 뒤죽박죽이 되어 버렸다.

"사실, 네가 물으니까 하는 말인데, 들어 본 적이 없는……."

그러자 모자 장수가 그녀의 말을 가로막았다.

"그러면 너는 입 다물고 있어."

앨리스는 이런 무례를 더는 참을 수가 없었다. 아주 넌더리가 나 자리를 박차고 벌떡 일어나 뒤도 돌아보지 않고 그 자리를 떠났다. 앨리스는 혹시 그들이 자기를 다시 부르지나 않을까 해서 두어 번 뒤를 돌아다보았다. 그러나 그 사이에 겨울잠쥐는 잠에 빠져 버렸고 나머지 둘은 앨리스가 떠난 것에 전혀 관심을 두지 않았다. 마지막으로 돌아봤을 때, 그 둘은 겨울잠쥐를 차주전자에 처넣으려고 낑낑대고 있었다.

"무슨 일이 있어도 다시는 저기 안 갈 거야. 이제껏 많은 파티에 가 봤지만 저런 엉터리 파티는 정말 처음이야!"

앨리스는 숲 속을 걸으며 중얼거렸다.

이렇게 말하는 바로 그 순간, 속으로 들어갈 수 있는 문이 달린 나무 한 그루가 눈에 띄었다.

'세상에 별 이상한 나무도 다 있군! 하지만 오늘은 모든 일이 다 이상하니까 뭐! 당장 들어가 봐야겠어!'

이렇게 결심한 앨리스는 곧장 문을 열고 나무 속으로 들어갔다.

그러자 아까 본 기다란 홀이 나왔는데, 자그마한 유리 탁자가 여전히 그 자리에 놓여 있었다.

"옳지, 이번에는 실수 없이 잘 해 봐야지."

이렇게 말한 앨리스는 여전히 탁자 위에 놓여 있는 조그만 황금 열쇠를 집어 들었다. 그리고 정원으로 이르는 자그마한 문의 자물쇠를 열었다. 그러고는 키가 30센티미터쯤 될 때까지 버섯 조각을 조금씩 뜯어 먹었다.(다행히도 버섯 한 조각이 주머니에 남아 있었다.) 그런 다음 작은 통로를 따라 걸어 내려갔다. 마침내 앨리스는 밝게 빛나는 꽃밭과 시원한 분수가 있는 정원으로 들어갔다.

8. 여왕의 크로케 경기장

정원 입구에는 하얀 장미가 탐스럽게 피어 있는 커다란 장미 나무가 있었다. 그런데 정원사 세 명이 그 하얀 장미에 붉은 페인트를 칠하느라 정신이 없었다. 참 이상한 일도 다 있었다. 또 다시 호기심이 발동한 앨리스는 더 가까이에서 관찰하고 싶어 그들에게로 다가갔다. 그때 정원사 가운데 한 명의 목소리가 들려왔다.

"이것 봐, 다섯! 페인트를 나한테 튀기면 어떡해!"

'다섯'이라고 불린 정원사가 볼이 잔뜩 부은 목소리로 대꾸했다.

"일부러 그런 게 아냐. 일곱이 내 팔꿈치를 쳤단 말이야."

그러자 아래에 있던 ‘일곱’이 그를 올려다보며 소리쳤다.

“그러시겠지. 다섯, 넌 다 좋은데 항상 남의 탓을 하는 게 문제야!”

“넌 잠자코 있는 게 좋을걸! 여왕님께서 바로 어제, 너 같은 놈은 목을 베도 싸다고 말씀하시는 걸 들었어!”

‘다섯’이 ‘일곱’을 향해 위협적인 목소리로 소리쳤다.

“무엇 때문에?”

맨 처음 말한 정원사의 목소리였다.

“이것 봐, 둘. 너와는 상관없는 일이야.”

‘일곱’이 ‘둘’에게 말했다. 그러자 ‘다섯’이 맞장구치며 말했다.

“그래, 그건 이 친구 일곱의 일이야. 그러니까 내가 말해 주지. 그건 바로 일곱이 요리사에게 양파를 가져다줘야 하는데 튤립 뿌리를 가져다줬기 때문이야.”

그 말을 들은 ‘일곱’이 들고 있던 페인트 솔을 휙 던져 버리며 말했다.

“모든 것이 부당하기 짝이 없어……..”

말을 하던 ‘일곱’은 자기들을 바라보고 있는 앨리스를 발견하고 얼른 입을 다물었다. ‘일곱’이 갑자기 말을 멈추자 다른 정원사들도 주위를 둘러보았고 앨리스가 서 있는 것을 보았다. 그 순간 그들은 모두 앨리스를 향해 깊숙이 고개 숙여 절을 했다.

앨리스는 조심스럽게 말을 건넸다.

"실례가 안 된다면 왜 하얀 장미에다 빨간색을 칠하고 있는지 이유 좀 알려 주세요."

'다섯'과 '일곱'은 입을 굳게 다문 채 '둘'을 쳐다보았다. 그러자 '둘'이 누가 들을세라 착 가라앉은 목소리로 대답했다.

"아가씨, 그게 글쎄, 원래 여기에는 붉은 장미를 심어야 하는 건데 우리가 실수로 그만 하얀 장미를 심었거든요. 만약 여왕님께서 이걸 아시면 우리는 당장 목이 날아가요. 그래서 보시다시피 여왕님이 오시기 전에 우리 나름대로 최선을 다하고……."

바로 그때 불안한 눈길로 정원 저쪽을 살피던 '다섯'이 다급하게 소리쳤다.

"여왕 폐하시다! 여왕 폐하!"

정원사들은 모두 얼굴을 땅바닥에 대고 납작 엎드렸다. 여럿의 발자국 소리가 들렸고, 앨리스는 여왕을 보기 위해 주위를 두리번거렸다.

맨 처음 나타난 것은 클럽을 손에 든 병사 열 명이었다. 그들의 몸통 모양은 정원사들처럼 하나같이 다 길고 납작한 직사각형이었는데, 몸통의 네 귀퉁이에 팔과 다리가 달려 있었다. 그 뒤를 따라 신하 열 명이 나타났다. 병사들처럼 둘씩 짝을 지어 나란히 걷고 있는 그들은 온몸을 다이아몬드 무늬로 꾸미고 있었다. 그들 뒤를 이어 열 명의 왕자와 공주 들이 나타났다. 귀여운 그 아이들은 둘씩 손을 잡고 즐겁게 뛰고 있었는데 모두 하트 무늬로 장식하고 있었다. 그들을 뒤이어 왕이나 여왕 같은 귀빈들이 따랐다. 앨리스는 그들 중에서 낯익은 모습을 발견했다. 바로 흰 토끼였다. 토끼는 뭔가 서두르는 듯하면서도 초조한 기색으로 조잘대고 있었는데 남들이 무슨 말을 할 때마다 실실 웃었다. 그런데 흰 토끼는 앨리스를 알아보지 못하고 그냥 지나쳤다. 그 뒤를 이어 하트 잭이 진홍색 벨벳 쿠션 위에 왕관을 받쳐 들고 따랐고, 이 긴 행렬의 끝에 하트 왕과 하트 여왕이 모습을 드러냈다.

이때 앨리스는 잠시 당황했다. 정원사들처럼 땅바닥에 넙죽 엎드려야 할지 어쩔지 몰라서였다. 행렬을 만났을 때는 반드시 엎드려야 한다는 걸 배운 기억이 없었다.

'모두 다 엎드려 버리면 아무도 행렬을 볼 수가 없잖아. 아무도 볼 수 없는 행차라면 할 필요가 무에 있담!'

그래서 앨리스는 그대로 선 채 행렬을 기다렸다.

행렬이 앨리스 앞에 이르자 모두 그 자리에 멈춰 서서 앨리스를 쳐다보았다. 여왕이 근엄한 어조로 하트 잭에게 물었다.

"이 아이는 누구냐?"

그런데 하트 잭은 머리를 조아리고 웃을 뿐이었다.

“바보 같은 놈!”

여왕은 못마땅하다는 듯 고개를 흔들고는 앨리스에게로 돌아서서 물었다.

“네 이름이 무엇이냐?”

“앨리스라고 합니다. 여왕 폐하.”

앨리스는 겉으로는 공손하게 대답하면서도 속으로는 이렇게 생각하고 있었다.

‘아무리 그래 봤자 한낱 트럼프 카드일 뿐이야. 그러니까 두려워할 것 없다고!’

“그리고 이것들은 뭐냐?”

여왕이 장미나무 주위에 엎드려 있는 세 정원사를 가리키며 또 물었다. 왜냐하면 정원사들이 땅바닥에 얼굴을 대고 납작 엎드려 있는 데다 등 무늬가 다른 것들과 똑같았기 때문이었다. 그래서 그냥 봐서는 그들이 정원사인지 병사인지 신하인지, 아니면 여왕의 자식인지 구별할 수 없었다.

“제가 그걸 어떻게 알겠습니까? 저와는 상관없는 일이에요.”

이렇게 말하면서 앨리스는 자신의 용기에 놀랐다.

그 말을 듣자 여왕은 격분하여 얼굴이 새빨개지더니 잠시 앨리스를 성난 맹수처럼 노려보다가 버럭버럭 악을 쓰기 시작했다.

“당장 이 계집애의 목을 쳐라! 목을 베란 말이다……”

"어처구니가 없군!"

앨리스가 너무도 크고 당당하게 소리치자 여왕은 순간 멈칫했다.

그러자 왕이 여왕의 팔에 넌지시 손을 얹고는 겁먹은 목소리로 여왕에게 말했다.

"너그럽게 한 번만 봐 주구려. 아직 어린아이지 않소."

화가 난 여왕은 왕에게서 몸을 돌려 하트 잭에게 명령했다.

"저것들을 잡아 뒤집어라."

하트 잭이 한 발로 매우 조심스럽게 정원사들을 차례차례 뒤집어 놓았다.

"일어서라!"

여왕의 서릿발 같은 명령에 정원사들은 불에 데기라도 한 듯 벌떡 일어나 왕, 여왕, 왕자와 공주 들, 그리고 그 자리에 있는 모든 사람에게 꾸벅꾸벅 절을 하기 시작했다.

여왕이 버럭 소리를 질렀다.

"그만두지 못해! 네 녀석들 때문에 머리가 다 어질어질하다!"

그러고는 장미나무 쪽을 바라보며 물었다.

"여기서 도대체 무슨 짓을 하고 있었지?"

"여왕 폐하, 용서해 주십시오. 저희는 나름대로 최선을 다했습니다만……."

‘둘’이 무릎을 꿇으며 겁에 질린 목소리로 아뢰었다. 그 사이에 장미나무를 이리저리 살펴보던 여왕이 다시 신경질적으로 소리쳤다.

"알 만하군. 당장 저것들의 목을 베어 버려라!"

정원사들의 목을 벨 병사 세 명만 남고 행렬이 다시 움직이기 시작했다. 불쌍한 정원사들은 혼비백산하여 앨리스에게 달려와 도움을 청했다.

"당신들을 죽게 놔두진 않을 거예요."

앨리스는 이렇게 말하며 정원사들을 근처에 있는 커다란 화분 속에 숨겨 주었다. 그런 줄도 모르고 병사들은 그들을 찾아 한참 동안 주변을 뒤지다가 마침내 포기하고 행렬로 돌아갔다.

병사들이 돌아오는 것을 본 여왕이 소리쳐 물었다.

"목을 베었느냐?"

"분부대로 거행했습니다. 여왕 폐하!"

병사들이 한목소리로 대답했다.

"잘했다! 그나저나 너는 크로케를 할 줄 아느냐?"

병사들은 여왕이 분명 앨리스에게 물어보는 거라고 생각했는지 아무 말 없이 물끄러미 앨리스를 쳐다보았다.

"네, 여왕 폐하!"

앨리스가 소리쳐 대답했다.

"그럼, 따라오너라."

여왕의 명령에 앨리스는 이제 무슨 일이 생길까 궁금해하면서 행렬에 끼어들었다.

"날씨……, 날씨 한번 정말 좋다."

그녀 곁에서 누군가 머뭇머뭇 말을 걸어왔다. 흰 토끼였다. 토끼는 불안한 표정으로 앨리스를 힐끗 쳐다보고 있었다.

"그래, 아주 좋은데! 그런데 공작 부인은 어디 계셔?"

"쉿! 조용히 해!"

흰 토끼는 목소리를 낮춰 황급히 말한 뒤 불안한 눈길로 힐끗 뒤를 살펴보고는 까치발을 하고서 그녀의 귀에 속삭였다.

"공작 부인은 사형 선고를 받았어."

"무슨 일로?"

앨리스가 묻자 토끼가 되물었다.

"'안됐구나.'라고 했니?"

"아냐, 난 안됐다곤 생각지 않아. '무슨 일로?'라고 물었어."

"공작 부인이 여왕의 따귀를 때렸거든……."

토끼가 말을 마치자마자 앨리스가 소리 죽여 낄낄댔다. 토끼가 기겁을 하면서 속삭였다.

"오, 쉿, 쉿! 여왕이 들으면 어쩌려고 그래? 공작 부인이 좀 늘어서 여왕 폐하가 한마디…….”

바로 그때 여왕의 추상같은 호령이 떨어졌다.

“모두 제자리로!”

모두들 사방에서 달려오느라 서로 뒤엉켜 우왕좌왕했지만 이내 자기 자리를 찾아갔다. 그리고 어느덧 경기가 시작되었다.

앨리스는 이렇게 기묘한 크로케 경기장은 이제껏 한 번도 본 적이 없었다. 경기장 바닥은 마치 밭고랑처럼 온통 울퉁불퉁했다. 크로케 공은 살아 있는 고슴도치였고, 크로케 채 역시 살아 있는 홍학이었으며, 병사들은 손과 발로 땅을 짚고 몸을 굽혀 아치 형태를 만들었다. 그게 골대였다.

가장 어려운 일은 뭐니 뭐니 해도 홍학을 다루는 일이었다. 앨리스는 겨드랑이에 홍학의 몸통을 편안하게 끼운 채 홍학의 다리를 아래로 늘어뜨리고 기다란 목을 꼿꼿하게 세웠다. 그런데 홍학의 머리로 공인 고슴도치를 치려고 하면 고개를 외로 꼬아서 어리둥절한 표정으로 앨리스의 얼굴을 빤히 쳐다보는 통에 그녀는 번번이 웃음을 터뜨리지 않을 수 없었다. 그러다가 겨우 홍학의 머리를 다시 아래로 되돌려 놓고 공을 치려고 하면 이번엔 공인 고슴도치가 몸을 펴고 다른 곳으로 달아나 버렸다. 그뿐이 아니었다. 고슴도치를 쳐 보내려고 하면 그곳에는 어김없이 고랑과 이랑이 있었고, 아치를 만들고 있던 병사들은 몸을 일으켜 다른 곳으로 가 버리는 것이었다. 앨리스는 이 크로케 경기야말로 정말 힘든 경기라고 결론을 내릴 수밖에 없었다.

경기장은 아수라장이었다. 모든 참가 선수가 순서도 없이 한꺼번에 나서서 서로 고슴도치를 차지하려고 기를 쓰다 보니 그럴 수밖에 없었다. 이 꼴을 보고 있던 여왕은 화가 나서 발을 동동 구르며 악을 써 댔다.

"저놈의 목을 베라!"

"저 계집의 목을 베라!"

거의 일 분에 한 번꼴로 여왕의 입에서는 명령이 떨어지고 있었다.

앨리스는 점점 불안해지기 시작했다. 아직은 여왕의 심기를 건드리지 않았지만 언제 무슨 불벼락이 자신에게 떨어질지 모를 일이었다. 앨리스는 두려운 생각이 들었다.

'그러면 난 어떻게 되는 거지? 여기에 있는 이들은 목 베는 걸 무지무지 좋아하나 본데, 아직도 살아남은 이들이 많으니 정말 알다가도 모를 일이야!'

앨리스는 도망칠 궁리를 했다. 그런데 누구의 눈에도 띄지 않고 슬그머니 빠져나가기는 좀처럼 쉽지 않을 것 같았다. 사방을 살피다 보니 공중에 떠 있는 이상한 물체가 눈에 띄었다. 처음에는 무엇인지 몰랐지만 다음 순간 그것이 웃음 짓고 있는 것을 보고 앨리스는 그것의 정체를 깨달았다.

'체셔 고양이로구나! 드디어 이야기할 만한 상대가 생겼군.'

"어때? 재미 좋아?"

고양이는 말을 할 수 있을 정도로 입이 생겨나자마자 이렇게 물었다.

앨리스는 고양이의 눈이 나타날 때까지 기다렸다가 고개를 끄덕이며 생각했다.

'아직 귀가 나타나지 않았으니 말해 봐야 전혀 듣지 못할 거야. 귀가 둘 중에 하나라도 나타날 때까지 기다려야 해.'

잠시 후 고양이의 얼굴이 모두 나타났다. 앨리스는 이야기를 들어 줄 상대가 생긴 게 무척 기뻐서 안고 있던 홍학을 내려놓고 크로케 경기 이야기를 시작했다. 머리만을 드러낸 고양이는 그 정도면 충분하다고 생각했는지 몸뚱이를 드러내지 않았다.

앨리스는 볼멘소리로 말하기 시작했다.

"여기 경기는 공정한 경기하고는 거리가 멀어. 자기 말소리도 들리지 않을 정도로 소리를 질러 대며 지독하게 싸우기만 하고 있으니. 그리고 도대체 아무런 규칙도 없나 봐. 하긴 있다고 해도 아무도 지키지 않는데 무슨 소용이 있겠어. 게다가 살아 있는 동물로 크로케 경기를 한다는 게 얼마나 힘든지 해 보기 전에는 상상도 못할 거야. 공 노릇을 하는 고슴도치는 제멋대로 도망치지, 골대를 만들고 있어야 할 병사들은 걸핏하면 어디로 갔는지 보이지도 않지, 내가 여왕의 고슴도치를 딱 치려는데 내 고슴도치가 오니까 도망치질 않나, 한마디로 엉망진창이야!"

고양이가 나지막한 목소리로 물었다.

"여왕은 마음에 드니?"

"천만에."

앨리스는 고개를 절레절레 흔들며 말했다.

"그 여자는 한마디로 말해서……."

바로 그때 여왕이 앨리스 뒤에 바짝 다가와 이야기를 듣고 있다는 걸 깨달은 앨리스는 재빨리 말을 바꿨다.

"그러니까 이길 가능성이 아주 높아서 경기를 끝까지 할 필요도 없겠더라고."

이야기를 들은 여왕은 미소를 지으며 앨리스 곁을 지나갔다.

"도대체 누구하고 이야기를 나누고 있는 건가?"

왕이 다가오며 묻다가 공중에 떠 있는 고양이의 얼굴을 발견하고는 호기심 어린 표정을 지었다.

앨리스가 조심스럽게 말했다.

"제 친구 체셔 고양이에요. 소개해 드릴까요?"

그러자 왕이 말했다.

"생긴 게 영 마음에 들지 않는구나. 하지만 원한다면 내 손에

입 맞춰도 좋다.”

“별로 내키지 않는데요.”

고양이가 딱 잘라 말했다.

“건방진 녀석 같으니라고! 그리고 그런 눈으로 날 쳐다보지
마라!”

왕은 이렇게 말하면서 앨리스의 뒤로 몸을 옮겼다.

그러자 앨리스가 나섰다.

“고양이에게도 왕을 바라볼 자유가 있어요. 어느 책인지는
잊었지만 책에서 읽은 기억이 나요.”

“어쨌든 기분 나빠! 없애 버려야 해!”

왕은 단호하게 말하고 마침 곁을 지나가는 여왕을 불렀다.

“여보, 당신이 저 고양이를 없애 줬으면 좋겠소.”

여왕에게는 크건 작건 어려운 문제를 해결하는 데 딱 한 가지
방법밖에 없었다.

“당장 목을 베!”

여왕은 주위를 돌아보지도 않은 채 누구에게라고 할 것도 없
이 명령을 내렸다.

“내가 가서 망나니를 직접 데려오리다.”

왕은 신이 나서 말하고는 달려갔다.

앨리스는 멀리서 여왕의 서슬 퍼런 고함 소리가 들려오자 차

라리 경기장으로 돌아가 경기가 어떻게 되어 가고 있는지 알아보는 게 낫겠다고 생각했다. 앨리스는 이미 여왕이 제 차례를 놓쳤다는 이유로 세 선수의 목을 베라고 명령하는 걸 들은 바 있었다. 그런데 경기가 어찌나 혼란스러운지 도대체 지금이 자기 차례인지 아닌지조차 알 수 없었다. 지겨워서 더는 지켜볼 수도 없었다. 앨리스는 자기 고슴도치를 찾아 나섰다.

앨리스의 고슴도치는 다른 고슴도치와 싸우고 있었다. 절호의 기회라고 생각한 앨리스는 그중 한 마리로 다른 한 마리를 쳐서 이기려고 했다. 그런데 앨리스의 크로케 채였던 홍학이 이미 정원의 반대쪽으로 가 버린 뒤여서 고슴도치를 칠 수가 없었다. 홍학은 그곳에서 나무 위로 날아오르려고 쓸데없이 힘을 쓰고 있었다.

앨리스가 겨우 홍학을 잡아 돌아왔을 때는 이미 싸움이 끝나두 고슴도치 모두 사라져 버린 뒤였다. 앨리스는 피식 웃으며 생각했다.

'아무러면 어때. 어차피 이쪽 경기장에서 골대 역할을 하던 병사들도 다 사라져 버렸는데.'

앨리스는 잡아 온 홍학이 다시는 도망치지 못하도록 겨드랑이에 바짝 끼고는 친구인 체셔 고양이와 좀 더 이야기를 나누려고 발길을 돌렸다.

앨리스가 체셔 고양이한테 돌아가 보니 놀랍게도 고양이 주위에 엄청난 군중이 모여 있었고, 망나니와 왕 그리고 여왕이 말다툼을 벌이고 있었다. 나머지가 모두 조용히 불안한 표정으로 지켜보고 있는 가운데 셋이서 큰 소리로 한꺼번에 떠들어 대고 있었다.

앨리스가 등장하자 셋이 동시에 달려들어 자기주장을 되풀이하면서 문제를 해결해 달라고 졸라 댔다. 그러나 셋의 목소리가 뒤엉켜서 누가 무슨 말을 하는지 분간하기가 어려웠다.

망나니인 병사가 떠드는 내용은 대충 이랬다. 고양이가 머리만 있고 몸통이 없으니 자기는 목을 벨 수 없다는 것이었다. 이런 경우는 생전 처음이라 하필 이제 와서 그런 일을 시작할 수는 없다고 했다.

그러나 왕의 주장은 달랐다. 머리가 붙어 있으면 당연히 머리를 벨 수 있는 것 아니냐며 망나니에게 헛소리하지 말라고 바락바락 소리를 질렀다.

여왕은 또 다른 애기를 하고 있었다. 만일 지금 당장 이 문제를 어떤 식으로든 해결하지 않으면 여기 모인 전부의 목을 베어 버리겠다는 것이었다.(그곳에 모여 있던 이들을 그토록 무섭고 불안하게 만든 것은 바로 여왕의 이 마지막 말이었다.)

이 상황에서 앨리스가 할 수 있는 말이라고는 딱 한마디밖에 없었다.

"저 고양이는 공작 부인의 것이니까 그분에게 물어보는 게 좋겠어요."

그러자 여왕이 망나니에게 소리쳤다.

"그 계집은 지금 감옥에 있다. 당장 가서 끌고 와!"

명령을 받은 망나니는 쏜살같이 달려갔다.

망나니의 모습이 눈앞에서 사라진 순간 고양이의 머리도 서서히 사라지기 시작했다. 그리고 마침내 망나니가 공작 부인을 끌고 돌아왔을 때는 고양이가 이미 흔적도 없이 사라져 버린 뒤였다. 모여 있던 이들은 다시 크로케 경기를 하기 위해 자리를 떴고 오직 왕과 망나니만이 고양이의 머리를 찾아 이리저리 허둥지둥 헤매고 다녔다.

9. 가짜 거북의 이야기

"요 귀여운 것, 다시 만나게 돼서 얼마나 기쁜지 넌 짐작도 못 할 거야!"

공작 부인이 다정하게 앨리스의 팔짱을 끼며 말했다. 그러고 는 함께 그 자리를 떠났다.

앨리스는 공작 부인이 아까와 달리 기분이 썩 좋아진 걸 보고 무척 기뻤다. 그래서 아까 부엌에서 공작 부인이 그토록 거칠게 행동했던 것은 순전히 매운 후춧가루 때문이었을 것이라고 짐 작했다.

앨리스는 속으로 생각했다.

'내가 만일 공작 부인이라면(하지만 그것을 썩 바라지는 않는 투

였다.) 절대로 부엌에 후춧가루를 두지 않을 거야. 후춧가루를 넣지 않아도 맛만 훌륭한걸. 사람을 성나게 하는 건 바로 후춧 가루인지도 몰라.'

앨리스는 새로운 사실을 발견해 낸 걸 기뻐하면서 내쳐 생각에 잠겼다.

'식초는 사람을 심술궂게 만들고, 캐모마일을 먹으면 냉혹해지고, 그리고…… 또…… 보리엿은 아이들의 성격을 부드럽고 달콤하게 만들 거야. 세상 사람들이 이걸 좀 알아주면 좋겠는데. 그러면 보리엿에 그렇게 인색하게 굴진 않을 거야…….'

생각에 잠긴 앨리스는 공작 부인이 옆에 있다는 걸 깜빡 잊고 있다가 귓가에 공작 부인의 목소리가 들려오자 조금 놀랐다.

"애, 아무 얘기도 하지 않는 걸 보니 뭔가 골똘히 생각하고 있나 보구나. 이 말이 주는 교훈을 지금 당장은 너에게 말해 줄 수 없지만 얼마 안 있으면 기억이 날 거다."

"거기에 무슨 교훈 같은 게 있겠어요?"

앨리스가 용기를 내어 말했다.

"쯧쯧, 애야! 세상 모든 일에는 교훈이라는 것이 있단다. 네가 모르고 있을 뿐이지."

공작 부인은 이렇게 말하며 앨리스 옆으로 바짝 다가왔다.

앨리스는 그녀가 바짝 다가오는 것이 그다지 달갑지 않았다.

우선은 공작 부인이 아주 못생겼기 때문이고, 둘째는 공작 부인의 키가 앨리스의 어깨에 턱이 닿을 정도였는데 그 턱이 뾰족해서 불편했기 때문이다. 그래도 앨리스는 상대방에게 무안을 줄까 봐 참을 수 있는 데까지는 참기로 했다.

앨리스는 무슨 말이라도 해야 할 것 같아 입을 열었다.

"이제 크로케 경기가 좀 봐 줄 만한데요."

그러자 공작 부인이 말했다.

"그렇구나. 그 말이 주는 교훈은 오, 사랑, 그래 사랑이 세상을 부드럽게 만든다는 거야."

앨리스가 속삭이듯 말했다.

"이런 소릴 한 사람도 있었죠? 모두 자기가 맡은 일에만 신경 쓰면 아무 문제없다고요."

"그래, 그러니까 그게 그 말이지. 그 말이 주는 교훈은 '감각에 충실하면 소리는 저절로 되어 나온다.'는 거야."

공작 부인은 뾰족한 턱으로 앨리스의 어깨를 계속 눌러 대며 말했다. 앨리스는 속으로 생각했다.

'말끝마다 교훈, 교훈, 어쩜 저리도 교훈 찾는 걸 좋아할까?'

잠시 말을 끊었다가 공작 부인이 다시 말을 이었다.

"내가 왜 네 허리에 팔을 두르지 않는지 의아해하는 것 같은데. 실은 말이야, 네 홍학의 성질을 내가 몰라서 그러거든. 어찌

나오나 한번 시험해 볼까?”

앨리스는 실험 결과야 어찌 됐든 상관없다는 투로 조심스럽게 말했다.

“물지도 몰라요.”

“맞아. 홍학이나 겨자는 둘 다 물거든. 이 말의 교훈은 ‘유유상종’이야.”

“하지만 겨자는 새가 아니에요.”

“그래, 네 말이 맞아. 넌 어쩜 그리 사리에 밝으니?”

“제 생각에, 겨자는 광물성일 거예요.”

“물론 그럴 테지.”

이제 공작 부인은 앨리스가 무슨 말을 해도 옳다고 할 것 같았다.

“이 근처에 겨자가 많이 나는 광산이 있어. 이 말이 주는 교훈은 ‘내 것이 많아질수록 네 것은 그만큼 줄어든다.’는 거지.”(영어로 ‘광산’과 ‘내 것’을 가리키는 단어는 ‘mine’으로 똑같다.)

앨리스는 공작 부인의 마지막 말을 귀담아듣지 않고 쾌재를 불렀다.

“아, 이제 알았어요! 겨자는 채소예요. 그렇게 보이지 않지만 사실은 채소예요.”

“네 말이 전적으로 옳아.”

공작 부인은 이번에도 그녀의 말을 그대로 인정했다.

"그 말이 주는 교훈은 '네가 될 것 같은 것이 되어라.'는 것이지. 좀 더 간단히 말해 줄까? '남이 보는 나와 나 자신이 다르지 않다고 상상하지 말라.'는 것이야."

앨리스가 예의를 갖춰 말했다.

"무슨 말인지 알아들을 수 있으면 좋겠군요. 글로 써 주신다면 모르겠지만 그렇게 말로만 들어서는 도저히 못 알아듣겠어요."

공작 부인은 기분이 좋아졌다.

"내가 진짜 말하고 싶었던 것에 비하면 그건 아무것도 아니지."

"앞으로는 그렇게 길게 말씀하시느라고 고생하는 일이 없으셨으면 좋겠어요."

"아, 고생이랄 것도 없지! 지금까지 이야기한 것은 모두 네게 주는 내 선물이니까."

공작 부인이 안심하라는 투로 말했다.

'볕 시시한 선물도 다 있군! 사람들이 생일 선물로 그따위 것을 주지 않는 게 얼마나 다행인지!'

앨리스는 이런 생각을 하면서도 그것을 감히 입 밖으로 발설할 용기는 없었다.

"또 뭘 생각하고 있구나!"

공작 부인이 다시 날카로운 턱으로 어깨를 눌러 대며 말했다.

"저에게도 생각할 권리가 있어요!"

앨리스는 좀 성가시다는 생각이 들어 자신도 모르게 목소리가 날카로워졌다.

"물론 당연한 말이지. 돼지에게도 하늘을 날 권리가 있으니까. 그 말이 주는 교……!"

바로 그때 공작 부인은 자기가 그토록 좋아하는 '교훈'이란 말을 하다 말고 갑자기 말을 멈췄고, 앨리스에게 끼었던 팔을 부르르 떨었다. 앨리스가 위를 올려다보니 그곳엔 여왕이 얼굴을 잔뜩 찌푸린 채 팔짱을 끼고 서 있었다.

"폐하, 옥체 평안하시옵니까?"

공작 부인이 기어 들어가는 목소리로 겨우 말했다.

여왕이 발로 땅을 탕탕 구르며 소리쳤다.

"좋아, 내 그대에게 분명히 경고하는데, 네가 사라질 테냐 아니면 네 목이 사라질 테냐! 지금 당장 선택해라!"

공작 부인의 선택은 두말할 것도 없었다. 순식간에 그녀의 모습이 눈앞에서 사라졌다.

"자, 그럼 우린 가서 경기를 계속해야지?"

여왕이 앨리스에게 말했다.

눈앞에서 벌어진 일을 보고 잔뜩 겁에 질린 앨리스는 말 한마디 못하고 여왕의 뒤를 따라 크로케 경기장으로 되돌아갔다.

여왕이 자리를 비운 틈을 타 그늘에서 쉬고 있던 경기장의 손님들은 여왕의 모습이 나타나자마자 허겁지겁 경기를 시작했다. 여왕은 단 한순간만 늑장을 부려도 목숨을 앗아갈 거라고 말했을 뿐이다.

경기 내내 여왕은 다른 선수들에게 줄기차게 싸움을 걸면서 걸핏하면 '저놈의 목을 베어라!', '저 계집의 목을 쳐라!' 하며 고래고래 고함을 질렀다. 여왕의 명령이 떨어지면 아치를 만들고 있던 병사들이 죄인을 끌고 가기 위해 하나둘씩 자리를 뜨는 바람에 30분쯤 지나자 골대가 남김없이 사라져 버렸다. 왕과 여왕 그리고 앨리스를 뺀 나머지 선수들은 모두 사형 선고를 받고 감옥으로 끌려가 운동장은 텅 비게 되고 말았다.

그러자 여왕은 경기를 멈췄고 가쁜 숨을 몰아쉬며 앨리스에게 물었다.

"애야, 너 가짜 거북을 본 적이 있느냐?"

앨리스가 대답했다.

"아니요. 전 가짜 거북이 뭔지도 모르는걸요."

그러자 여왕이 말했다.

"뭐긴 뭐겠니. 가짜 거북 수프를 만드는 재료지."

“전 본 적도 들은 적도 없는데요.”

“그럼 따라오너라. 가짜 거북이 자기 얘기를 해 줄 게다.”

여왕과 함께 그곳을 떠나던 앨리스는 왕이 죄수들에게 나지막한 소리로 말하는 걸 들을 수 있었다.

“너희 모두를 용서한다.”

‘정말 잘된 일이야!’

여왕에게 사형을 선고받은 자들을 안타까워했던 앨리스는 속으로 안도의 한숨을 내쉬었다.

여왕과 앨리스는 얼마 가지 않아 뙤약볕 아래 깊이 잠들어 있는 그리핀(그리스 신화에 나오는 상상의 동물로, 머리와 날개는 독수리 모습을 하고 몸통은 사자 모습을 하고 있다.)을 만나게 되었다.

여왕이 소리쳤다.

“일어나, 이 게으름뱅이야! 이 아가씨를 가짜 거북에게 데리고 가서 거북의 얘기를 듣게 해 줘라. 난 돌아가서 명령한 대로 처형을 했는지 봐야 하니까.”

여왕은 앨리스를 그리핀 옆에 홀로 두고 사라져 버렸다. 앨리스는 그 동물의 생김새가 전혀 마음에 들지 않았으나 그 야만적인 여왕을 따라가는 것보다는 그 옆에 남아 있는 게 훨씬 안전할 것 같아 잠자코 있었다.

졸린 눈을 비비며 일어나 앉은 그리핀은 여왕의 모습이 완전

히 사라질 때까지 지켜보다가 낄낄대면서 앨리스에게 말하는
건지 혼자 말하는 건지 알 수 없게 중얼거렸다.

"정말 우습지 않아?"

"뭐가 우스운 거지?"

앨리스가 물었다.

"몰라서 물어? 여왕 말이야. 모든 게 자신만의 환상일 뿐이
야. 처형 같은 건 있지도 않아. 따라와!"

앨리스는 그리핀을 천천히 뒤따라가며 생각했다.

'여기선 모두 '따라와!'라고 말하는군. 내 평생 이렇게 많은
명령을 받아 본 적은 없었어. 정말로!'

앨리스와 그리핀은 얼마 가지 않아 멀리 바위 위에 홀로 쓸쓸
하게 앉아 있는 가짜 거북을 발견할 수 있었다. 가까이 다가가
자 땅이 꺼져라 한숨을 내쉬는 소리가 들렸다. 앨리스는 그러는
가짜 거북이 너무도 안쓰러워 그리핀에게 물었다.

"왜 저렇게 슬퍼하는 거지?"

앨리스가 묻자 그리핀은 좀 전과 거의 다름없는 대답을 했다.

"그것도 모두 자신만의 환상일 뿐이야. 거북이 슬퍼할 일은
하나도 없어. 알겠어? 따라와!"

그들이 다가가도 가짜 거북은 커다란 눈에 눈물이 그렁그렁
한 채 그들을 바라보기만 할 뿐 아무 말도 하지 않았다.

그리핀이 말을 건넸다.

"여기 이 어린 아가씨가 자네의 이야기를 듣고 싶다는구먼."

그러자 가짜 거북은 한숨을 쉬며 공허한 목소리로 말했다.

"그럼 이야기를 해 주지. 둘 다 거기 앉아서 내 이야기가 끝나기 전까지 아무 말도 하지 말아 줘."

그래서 앨리스와 그리핀은 입을 다물고 한참 동안 앉아 있었다. 앨리스는 생각했다.

'도대체 이렇게 뜸을 들이다가 언제 이야기를 다 끝내겠다는 거지?'

하지만 앨리스는 참을성 있게 기다렸다. 마침내 깊은 한숨을 내쉬고 난 가짜 거북이 입을 열었다.

"옛날엔 나도 진짜 거북이었어."

그런데 이 한마디를 하고는 다시 아무 말도 하지 않았다. 들리는 소리라고는 그리핀이 이따금 '흐즈크르!' 하는 소리와 가짜 거북이 끊임없이 훌쩍거리는 소리뿐이었다. 앨리스는 당장 일어서서 "재미있는 이야기 잘 들었어." 하고 말할 뻔했다. 그러나 뭔가 뒤이을 이야기가 있을 게 분명하다고 생각하며 아무 말 없이 앉아만 있었다.

"내가 어렸을 적에는……."

가짜 거북이 이윽고 말을 이었다. 아직도 이따금 훌쩍거리긴

했으나 조금 전보다는 훨씬 마음이 가라앉은 듯했다.

"바닷속 학교에 다녔지. 선생님은 늙은 바다거북이었어. 우린 그분을 민물거북이라 불렀지."

앨리스가 갑자기 끼어들며 물었다.

"바다거북이라면서 왜 민물거북이라고 부른 거야?"

그러자 가짜 거북이 화를 벌컥 내며 말했다.

"그분이 우릴 가르쳤기 때문에 민물거북이라고 부른 거야! 넌 정말 그런 것도 몰라?"(영어로 '우리를 가르쳤다(taught us)'와 '민물거북(tortoise)'은 발음이 비슷하다.)

"그렇게 뻔한 걸 묻다니 부끄럽지도 않아?"

그리핀마저 가짜 거북을 편들며 말했다. 그러더니 그리핀과 가짜 거북은 한동안 말없이 앨리스를 바라보았다. 앨리스는 쥐구멍에라도 들어가 버리고 싶은 심정이었다. 잠시 뒤 그리핀이 다시 입을 열었다.

"이것 봐, 늙은 친구. 어서 계속하라고. 이러다가 해 저물겠어."

이래서 가짜 거북의 이야기가 계속되었다.

"우리는 바닷속에 있는 학교에 다녔지. 너는 믿지 않겠지만……."

"믿지 않는다고 말한 적은 없어!"

앨리스가 가짜 거북의 말을 가로막고 단호하게 말했다.

"그랬어!"

가짜 거북도 지지 않았다. 앨리스가 다시 뭔가 대꾸하려 들자 그리핀이 거들었다.

"입 닥치지 못해!"

가짜 거북은 이야기를 계속했다.

"우리는 최고 수준의 교육을 받았어……. 사실이야, 날마다 학교에 갔으니까."

앨리스가 참지 못하고 또 끼어들었다.

"나도 날마다 학교에 다니고 있어. 그러니까 너무 자랑할 것 없어."

"특별 활동도 있어?"

가짜 거북이 조금은 불안한 듯 물었다.

"두말하면 잔소리지. 프랑스 어와 음악을 배웠어."

앨리스가 자랑스럽게 대답했다. 그러자 가짜 거북이 또 물었다.

"세수하는 법도?"

놀림 받고 있다는 생각에 앨리스는 화가 나서 소리쳤다.

"그런 건 안 배워!"

"아! 그렇다면 너희 학교는 정말 좋은 학교가 아냐! 우리 학교에서 보냈던 수업료 고지서 맨 끝에는 '프랑스 어, 음악, 세수

법은 특별 활동’이렇게 써 있었거든.”

가짜 거북이 안심했다는 투로 신이 나서 말했다. 그러자 앨리스가 비꼬는 투로 말했다.

“바닷속에 살면 그런 게 그다지 필요하지 않을 텐데.”

가짜 거북이 다시 한숨을 쉬며 말했다.

“난 특별 활동을 할 여유가 없었어. 그래서 정규 수업만 받았어.”

“그게 어떤 것들인데?”

앨리스가 묻자 가짜 거북이 대답했다.

“비틀거리기, 몸부림치기부터 시작해서, 야망, 착란, 추화, 조롱 따위야.”

“‘추화’라는 말은 들어 본 적이 없는데……. 그게 무슨 뜻이지?”

앨리스는 이번에도 무안당할 각오를 하며 물었다.

그리핀이 놀란 듯 앞발을 쳐들고 흔들면서 되물었다.

“아니, 그 말도 모른단 말이야? 설마 ‘미화’가 뭔지는 알겠지?”

“그건 알아.”

앨리스는 별로 자신 없는 목소리로 대답했다.

“그건…… 어떤 것을…… 더 예쁘게 만드는 거야.”

“글쎄, 그걸 알면서도 ‘추화’를 모른다면 넌 바보야!”

그리핀이 딱 잘라 말했다.

앨리스는 더 이상 물어볼 용기가 나지 않아 다시 가짜 거북에게로 시선을 옮기는 수밖에 없었다.

“그런 것 말고 또 뭘 배웠지?”

“글쎄……, 아, 신비라는 과목이 있었어!”

이렇게 대꾸한 가짜 거북은 지느러미처럼 생긴 앞다리를 꼽아 가며 과목을 세기 시작했다.

“고대와 현대의 신비를 배웠지. 그리고 바다 밑의 지리, 그다음에 느리게 말하기를 배웠어. 느리게 말하기 선생님은 늙은 뱀장어였는데, 일주일에 한 번씩 와서 느리게 말하기 말고도 기지개 켜기, 구부려서 속이기 등을 가르쳤어.”

“어떻게 하는 건데?”

앨리스가 묻자 가짜 거북이 대답했다.

“지금 여기서 보여 줄 순 없어. 난 몸이 굳어서 안 되고 그리핀은 배우지 못했고.”

그리핀이 변명하듯 말했다.

“시간이 없었어. 그 대신 난 고전을 배웠지. 선생님은 늙은 게였어. 맞아.”

“난 그걸 못 배웠는데.”

가짜 거북이 또다시 한숨을 쉬며 말했다.

“그 선생은 웃는 법과 슬퍼하는 법을 가르쳤다면서?”

“맞아. 그랬어.”

이렇게 대답하더니 그리핀도 한숨을 쉬었다. 두 짐승은 하나같이 풀이 죽어 앞발에 머리를 묻고 있었다.

“그런데 하루에 몇 시간씩 공부했니?”

앨리스가 재빨리 화제를 바꿔 묻자 가짜 거북이 대답했다.

“첫날은 열 시간 공부하고, 다음 날은 아홉 시간, 뭐 그런 식이었지.”

“그것 참 이상한 시간표로구나!”

앨리스가 고개를 갸우뚱거리며 말하자 이번에는 그리핀이 말했다.

“그러니까 그걸 수업이라고 하는 것 아냐. 날이 갈수록 줄어드니까 말이야.”(영어에서 ‘수업(lesson)’과 ‘줄어들다(lessen)’는 발음이 같다.)

그것이야말로 앨리스에게는 참으로 새로운 생각이었다. 그래서 잠시 시간을 두고 생각해 보고는 다시 물었다.

“그럼 열하루째 되는 날에는 수업이 없었겠네?”

“그야 물론이지.”

가짜 거북이 자신 있게 대답했다.

“그럼 열이틀째 되는 날에는 뭘 했어?”

앨리스는 계속해서 간절히 물었다. 그러자 그리펀이 아주 단호하게 앨리스의 말을 가로막았다.

“자, 이제 수업 이야기는 그만하고, 이 아가씨에게 재미있는 놀이 이야기나 들려주는 게 어때?”

10. 바닷가재의 카드리유 춤

가짜 거북은 다시 한 번 긴 한숨을 내쉬더니 앞 발등으로 눈을 비비며 앨리스를 바라보았다. 그리고 이야기를 시작하려다가 흐느낌에 목이 메어 한동안 아무 말도 하지 못했다.

그리핀이 가짜 거북의 몸을 흔들고 등을 두들겨 주며 말했다.

"목에 가시라도 걸린 것 같군."

잠시 뒤 목소리를 되찾은 가짜 거북이 뺨 위로 눈물을 줄줄 흘리면서 이야기를 시작했다.

"너는 바닷속에서 살아 본 적이 없을 거야."

앨리스는 말했다.

"그래, 한 번도 살아 본 적이 없어."

“바닷가재와 인사를 나눌 기회도 없었겠지.”

앨리스는 “응, 한 번 맛본 적은…….” 하고 말을 꺼내다가 얼른 말을 바꿔 “응, 한 번도 없어.” 하고 말했다.

“그러니 바닷가재의 카드리유 춤이 얼마나 재미있는지 짐작도 못하겠지.”

앨리스가 대답했다.

“응, 몰라. 그게 어떤 춤인데?”

“가르쳐 주지.”

그리핀이 나섰다.

“맨 먼저 바닷가에 일렬로 서는 거야…….”

그때 가짜 거북이 끼어들었다.

“두 줄이야! 물개, 거북, 연어 등등이 말이지. 그런데 우선 바닥의 해파리 따위를 깨끗이 치워야 해…….”

다시 그리핀이 나섰다.

“그러자면 시간이 좀 걸리지.”

그러자 가짜 거북도 지지 않았다.

“두 걸음 앞으로 나가서…….”

그러자 그리핀이 고함치듯 말했다.

“각자가 바닷가재와 짝을 이루는 거야!”

가짜 거북이 그 말을 받았다.

"물론이지. 두 걸음 앞으로 나가 자기 바닷가재와 짝을 이루고……."

"짝을 바꾸고……. 같은 식으로 뒤로 물러나고……."

그러자 가짜 거북이 또 말을 받았다.

"그다음에는 알다시피 내던지는 거……."

그리핀이 공중으로 팔짝 뛰어오르며 신이 나서 외쳤다.

"바닷가재를!"

"바다 저 멀리로 있는 힘껏 던지는 거지……."

그리핀이 다시 소리쳤다.

"그리고 그 뒤를 쫓아 헤엄쳐 가는 거야!"

가짜 거북도 지지 않고 외쳤다.

"물속에서 공중제비를 돌면서!"

그러자 그리핀이 목청껏 외쳤다.

"그리고 다시 짝을 바꾸는 거야!"

"그리고 뭍으로 다시 돌아오는 거지……. 여기까지가 첫 번째 동작이야."

가짜 거북이 갑지기 목소리를 낮게 깔면서 말했다.

그러더니 이제껏 내내 미친 듯 날뛰던 두 동물이 바닥에 주저앉아 슬픈 표정으로 앨리스를 바라보았다.

"아주 멋진 춤이겠구나."

앨리스가 머뭇거리며 이렇게 말했다.

"조금이라도 보여 줄까? 보고 싶어?"

"그래, 정말 보고 싶어."

"좋아, 그럼 첫 번째 동작을 시작해 볼까? 바닷가재가 없어도 할 수 있잖아? 그런데 노래는 누가 할까?"

가짜 거북이 그리핀을 바라보며 말했다. 그러자 그리핀이 말했다.

"네가 해. 난 가사를 까먹었거든."

두 동물은 제법 진지한 표정으로 앨리스의 주위를 빙빙 돌며 춤을 추기 시작했다. 가끔씩 앨리스 쪽으로 너무 가까이 돌다가 앨리스의 발등을 밟기도 하고, 가짜 거북의 노래에 맞춰 앞발로 박자도 맞추었다. 노래는 느릿느릿하면서도 슬픈 음조를 띠고 있었다.

대구가 달팽이에게 말했지.

"좀 더 빨리 걸을 수 없겠니?

돌고래가 뒤쪽에서 내 꼬리를 밟겠어.

저기 바닷가재랑 거북이 춤추는 게 보이지?

조약돌 해변에서 우리를 기다리고 있어.

가서 함께 어우러져 춤추지 않을래?

좋아? 싫어? 좋아? 싫어?

함께 어우러져 춤추지 않을래?

좋아? 싫어? 좋아? 싫어?

함께 어우러져 춤추지 않을래?

그들이 바닷가재랑 우리를 번쩍 들어

바다 저 멀리 내던지면

넌 아마 모를 거야.

그때의 그 기쁨 넌 정말 모를 거야."

하지만 달팽이는 힐끔 한 번 쳐다보고

"너무 멀어, 너무 멀어." 하고 대답했지.

그 마음 무척 고맙지만

함께 춤추지는 않겠다고 말했지.

"추기 싫고, 출 수 없고,

추기 싫고, 출 수 없고,

함께 춤추기 싫어.

추기 싫고, 출 수 없고,

추기 싫고, 출 수 없고,

함께 춤추기 싫어."

비늘 달린 친구가 대답했네.

"멀리 가면 어때?

바다 저쪽에도 해변이 있잖아.

영국에서 멀어질수록 프랑스에는 가까워지지.

그러니까 겁내지 말고, 사랑스런 친구야.

자, 우리 춤이나 추자고!

좋아? 싫어? 좋아? 싫어?

함께 어우러져 춤추지 않을래?

좋아? 싫어? 좋아? 싫어?

함께 어우러져 춤추지 않을래?"

"고마워. 아주 멋진 춤이구나. 그 대구가 어쩌고 하는 노래도 무척 재미있고."

마침내 춤이 끝난 게 다행스러워 앨리스가 말했다. 그러자 가짜 거북이 말했다.

"아, 대구에 관한 거라면, 대구는…… 물론 본 적이 있겠지?"

"그럼, 가끔 저녁 식……."

앨리스는 무심코 말하다가 황급히 입을 다물었다.

"'저녁 식'이 어디 붙어 있는지는 모르지만. 가끔 봤다면 어떻게 생겼는지 잘 알겠네?"

앨리스가 조심스럽게 대답했다.

"응, 꼬리를 입에 물고……, 온몸에 빵가루를 뒤집어쓰고 있지."

"빵가루라니? 그건 말도 안 돼. 그렇다면 바닷물에 벌써 씻겨 내려가 버렸게. 하지만 꼬리를 입에 물고 있다는 건 맞아. 왜냐하면……."

여기까지 말하던 가짜 거북은 늘어지게 하품을 하고 눈을 감더니 그리핀에게 말했다.

"그 이유와 나머지 이야기는 네가 좀 해 줘."

"그 이유는……."

그리핀이 기다렸다는 듯이 이야기를 시작했다.

"대구가 바닷가재와 춤추기를 좋아해서 그래. 그래서 바다 멀리 내던져졌어. 그래서 꼬리를 얼른 입에 물었지. 그런데 꼬리를 다시 빼낼 수가 없었어. 그게 이유야, 알겠니?"

"고마워. 아주 재미있는 이야기구나. 사실 대구에 대해선 잘 몰랐거든."

앨리스는 알겠다는 듯 대답했다.

"원한다면 더 이야기해 줄 수 있어. 너 왜 대구를 '대구'라고 부르는지 알아?"

"그런 건 생각해 본 적이 없어. 왜 그러는데?"

“그것으로 구두나 부츠를 닦기 때문이지.”

그리핀이 자못 진지하게 말했다.

앨리스는 도무지 이해할 수가 없어서 되물었다.

“구두나 부츠를 닦는다고?”

“그래, 네 구두는 뭐로 닦지? 내 말은 무엇으로 구두의 광을 내느냔 말이야.”

앨리스는 자기 구두를 내려다보며 잠시 생각한 다음 대답했다.

“검은색 구두약으로 닦지.”

그러자 그리핀은 그윽한 말투로 말했다.

“그런데 바다 밑에서는 하얀 가루로 닦거든. 이제 알겠니?” (영어로 ‘하얀 가루’와 ‘대구’를 가리키는 단어는 ‘whiting’으로 똑같다.)

“그 약은 뭐로 만들지?”

억누를 수 없는 호기심에 앨리스가 물었다.

“가자미랑 뱀장어로 만들지 뭐로 만들겠어? 그 정도는 새끼 새우한테 물어도 알걸?”

그리핀은 짜증스럽다는 듯 대답했다.

앨리스는 여전히 아까 가짜 거북이 부르던 노래에 생각이 머물러 있었다. 그래서 이렇게 말했다.

“내가 만약 대구라면 돌고래에게 이렇게 말했을 거야. ‘따라오지 마! 우린 너와 함께 놀기 싫어!’라고.”

그러자 가짜 거북이 말했다.

“그렇게는 안 될걸. 돌고래가 없으면 곤란해. 현명한 물고기라면 돌고래 없이는 아무 곳에도 가지 않아.”

“아니, 그게 정말이야?”

앨리스는 놀라서 물었다.

“물론이지. 그래서 나는 여행을 하는 물고기를 만나면 ‘어떤 돌고래랑 가는 거니?’ 하고 물어.”

“아니, 무슨 ‘목적’으로 여행하냐고 묻지 않고?”(영어로 ‘돌고래(porpoise)’와 ‘목적(purpose)’은 발음이 비슷하다.)

가짜 거북은 얼굴을 붉히며 벌컥 화를 냈다.

“내가 말한 그대로야!”

그러자 그리핀이 가짜 거북을 거들었다.

“자, 이제 그 이야긴 그만두고. 어때, 네 모험 이야기나 들려주지 않겠어?”

앨리스는 약간 머뭇거리며 대답했다.

“그럼 오늘 아침부터 겪은 모험 이야기를 해 줄게. 어제 이야기는 별 쓸모가 없을 거야. 난 이미 어제와는 다른 사람이 되고 말았으니까.”

"처음부터 모두 설명해 줘."

가짜 거북이 말했다. 그러자 그리핀이 조바심쳤다.

"아냐, 아냐, 모험 이야기를 먼저 해. 다 설명하면 시간이 끔찍하게 많이 걸릴 테니까."

이렇게 해서 앨리스는 오늘 아침에 흰 토끼를 만나면서부터 벌어진 모험 이야기를 시작하게 되었다. 처음엔 두 동물이 눈을 둥그렇게 뜨고 입을 헤벌린 채 바짝 다가앉는 바람에 좀 불안했으나, 이야기를 하는 동안에 점차 용기를 얻었다.

두 청취자는 앨리스가 송충이에게 '윌리엄 신부님, 이젠 늙으셨어요'란 시를 외웠다는 이야기를 할 때까지 군소리 한마디 없이 귀를 쫑긋 세우고 듣고 있었다. 그러나 그 시를 외우는 데 어찌된 셈인지 자꾸만 엉뚱한 말이 튀어나오더라는 대목에 이르자 가짜 거북이 길게 한숨을 내쉬며 입을 열었다.

"그것 참 이상한 일이군!"

그러자 그리핀도 맞장구를 쳤다.

"그래, 그렇게 이상한 일도 없을 거야."

가짜 거북은 생각에 골똘히 잠긴 채 말했다.

"엉뚱한 말이 튀어나왔다고? 난 지금 이 아가씨가 뭔가 암송하는 걸 듣고 싶어. 시작하라고 얘기해."

이렇게 말하며 가짜 거북은 마치 그리핀이 앨리스를 마음대

로 부릴 수 있기라도 하는 양 그리핀을 바라보았다.

"자, 일어서서 '그건 게으름뱅이의 목소리'를 외워 봐."

'아니, 이 녀석들이 감히 사람에게 명령을 내리지 않나 배운 것을 외워 보라지 않나, 한마디로 안하무인이네. 쳇, 차라리 당장 학교에 가는 게 나을 것 같군.'

앨리스는 괘씸한 생각이 들었지만 일어서서 외우는 수밖에 없었다. 그런데 막상 외우려 하니 바닷가재의 카드리유 춤 생각으로 머릿속이 가득 차 있어서 입에서는 엉뚱한 말들이 튀어나왔다.

그건 바닷가재의 목소리

나는 그가 선언하는 소리를 들었네.

"날 너무 바짝 구웠구나.

내 머리카락에 설탕을 쳐야겠네."

오리는 눈꺼풀로

바닷가재는 코로

허리띠와 단추를 채우고

발가락을 뾰쪽 내밀었지.

모래밭이 바짝 마르면

바닷가재는 종달새처럼 즐거워하고

마치 상어나 된 듯

거만하게 지껄이지.

하지만 조수가 밀려들고

상어가 나타나면

바닷가재의 목소리는 겁에 질려

바르르 떨고 있다네.

"내가 어렸을 때 외우던 거랑은 사뭇 다르군."

그리핀이 이해할 수 없다는 듯 고개를 갸우뚱했다.

"난 처음 들어 보았지만, 뭔가 앞뒤가 맞지 않아."

가짜 거북은 뭔가 의심스럽다는 표정이었다.

앨리스는 아무 대꾸도 하지 않았다. 그녀는 털썩 주저앉아 두 손에 얼굴을 묻었다. 모든 일이 다시 예전처럼 자연스런 상태로 돌아갈 수 있을까 걱정이 되었다.

"그 시를 내게 해석해 줄 수 있겠니?"

가짜 거북이 말했다. 그러자 그리핀이 서둘러 말했다.

"이 아이는 설명할 수 없을 거야. 다음 연을 외워 보도록 해."

가짜 거북도 물러서지 않았다.

"하지만 발가락 부분은 너무 말이 안 돼. 아니 어떻게 코로 발 가락을 뾰쪽 내밀 수 있어?"

이때 앨리스가 끼어들었다.

"그건 춤의 도입 자세야."

이렇게 말하면서도 앨리스는 모든 게 뒤죽박죽이라서 화제가 바뀌기를 바랐다.

"다음 연을 계속해 봐. 첫 구절은 '나는 그의 정원을 지나갔네.'로 시작돼."

앨리스는 이번에도 뻔히 틀릴 것을 알면서 감히 그리핀의 명령을 어길 수 없어 떨리는 목소리로 다음 연을 외우기 시작했다.

나는 그의 정원을 지나갔네.

부엉이와 표범이 파이를 나누고 있는 걸

한 눈으로 훔쳐보면서.

부엉이는 자기 몫으로 접시를 가지고

표범은 파이 껍질과 국물과 고기를 먹어 치웠네.

파이가 다 없어지자

표범은 으르렁거리며 나이프와 포크를 챙기고

부엉이는 고맙게도 스푼을 호주머니에 넣어 가는 걸 허락받았지.

이렇게 잔치는 끝이 나고…….

가짜 거북이 앨리스가 시를 외우는 걸 멈추게 했다.

"이렇게 황당한 시는 처음이야. 아무런 설명도 없이 그렇게 주저리주저리 외워만 대면 무슨 소용이야."

"그래, 이쯤에서 끝내는 게 좋겠다."

그리핀이 이렇게 말해서 앨리스는 그저 기쁠 따름이었다. 그리핀이 말을 이었다.

"그럼 바닷가재 카드리유 춤의 다음 동작을 계속해 볼까? 아니면 가짜 거북에게 노래 한 곡 더 뽑아 보라고 시킬까?"

"아, 노래가 좋겠어. 가짜 거북만 괜찮다면."

앨리스가 너무도 간절히 부탁하자 그리핀은 오히려 기분이 나빠진 듯 말했다.

"흥! 못 말리는 취미로군! 그럼 어이, 늙다리 친구! 이 아가씨에게 '거북 수프'를 불러 주지 않겠나, 친구?"

가짜 거북은 땅이 꺼지도록 한숨을 내쉬고 나서 노래를 시작했다. 이따금 흐느낌에 목이 메기는 했어도 가짜 거북의 노래는 계속되었다.

푸짐하고 근사하고 푸른 수프

수프 그릇에 담겨 있네.

그 누가 이 성찬을 마다할 것인가?

이 만찬의 수프, 근사한 수프!

이 만찬의 수프, 근사한 수프!

근―사―한 수―프!

근―사―한 수―프!

이 만―찬―의 수―프,

근사한 수프!

근사한 수프!

그 누가 생선에, 고기에, 다른 음식에 손을 댈까?

이 근사한 수프를 두 푼어치만 준다면

모든 걸 다 내주겠어.

이 근사한 수프를 한 푼어치만.

근―사―한 수―프!

근―사―한 수―프!

이 만―찬―의 수―프,

근사한, 근―사―한 수―프!

"후렴만 다시 한 번!"

그리핀이 소리쳐서 가짜 거북이 다시 후렴을 막 반복하려 할

참이었다. 그때 멀리서 외침 소리가 들려왔다.

"재판을 시작한다!"

"따라와!"

그리핀이 이렇게 소리치고는 가짜 거북의 노래가 채 끝나기도 전에 앨리스의 손을 붙잡고 허겁지겁 그 자리를 떠났다.

"무슨 재판이지?"

앨리스는 달리면서 숨을 헐떡이며 물었다. 그러나 그리핀은 "따라와!"라고만 할 뿐이었다. 그들이 달리면 달릴수록 바람결에 실려 오는 구슬픈 노랫소리가 점점 더 희미해졌다.

이 만—찬—의 수—프,
근사한, 근—사—한 수—프!

11. 누가 파이를 훔쳤을까?

그들이 그곳에 도착했을 때, 하트 왕과 하트 여왕은 옥좌에 앉은 채 군중에 둘러싸여 있었다. 그 주변에는 카드 한 벌뿐 아니라 온갖 새와 짐승이 모여 있었다. 그리고 그 앞에는 두 병사에게 양팔을 붙들린 채 사슬에 묶여 있는 하트 잭이 서 있었다. 왕 옆에는 흰 토끼가 한 손에는 나팔을, 다른 한 손에는 양피지 두루마리를 들고 서 있었다. 재판정 한복판에는 탁자가 하나 있었고 그 위에 커다란 파이 접시가 놓여 있었다. 그 파이가 어찌나 먹음직스럽게 보이던지 앨리스는 그것을 보는 순간 시장기를 느꼈다.

침을 꼴깍 삼키며 앨리스는 생각했다.

'재판 같은 건 후다닥 해치우고 저 파이나 좀 나눠 줬으면 좋겠네!'

그러나 그럴 기미는 전혀 보이지 않았다. 그래서 앨리스는 시간을 때우려고 주위를 살펴보기 시작했다.

재판정에는 한 번도 가 본 적이 없는 앨리스였지만, 재판에 관한 책을 읽은 적이 있어서 거기에 있는 것들의 이름을 대충 알 것 같았다. 그래서 앨리스는 무척 기뻤다.

"큰 가발을 쓰고 있는 걸 보니 저 사람이 재판관이로군!"

앨리스는 혼자서 중얼거렸다.

왕이 재판관을 맡고 있었는데, 커다란 가발 위에 왕관을 얹은 모습이 불편하기 짝이 없어 보이는 데다 어울리지도 않았다.

'저곳이 배심원석이겠지. 그리고 저 열두 마리 동물이 배심일 거야.'(그들 중 몇은 네발 달린 동물이었고 몇몇은 새라서 동물이라고밖에 할 수 없었다.)

이렇게 생각한 앨리스는 '배심'이란 말을 소리 내어 두세 번 되풀이했다. 자기 또래 중에서 '배심'이라는 말을 아는 애가 극히 드물 것 같아 몹시 자랑스러웠던 것이다. 하지만 '배심원'이라고 하는 쪽이 더 나았을지도 모르겠다.

열두 배심원은 석판 위에 뭔가를 바삐 쓰고 있었다.

"지금 뭘 하고 있는 거지? 재판이 시작되기 전까지는 아무것도 쓰지 못하게 되어 있을 텐데.”

앨리스가 그리핀에게 속삭여 물었다.

“그들은 자기 이름을 쓰고 있는 거야. 재판이 끝나기 전에 자기 이름을 잊어버릴까 두려워서 그러는 거지.”

그리핀이 나직하게 대답했다.

“바보 같은 것들이군!”

무심코 이렇게 소리친 앨리스는 흰 토끼가 “법정에서는 정숙하시오!”하고 소리치는 바람에 깜짝 놀라 얼른 입을 다물었다. 왕은 누가 떠드는지 찾아내려는 듯 안경을 쓰고 불안한 시선으로 주위를 두리번거리고 있었다.

앨리스는 지금 모든 배심원이 석판 위에 “바보 같은 것들이군!”이라고 쓰고 있다는 것을 마치 그들 어깨 너머로 훔쳐본 것처럼 훤히 알 수 있었다. 그리고 개중에는 ‘바보’라는 글자도 쓸 줄 몰라 옆에 있는 다른 동물에게 물어보는 동물들도 있을 게 분명했다.

‘재판이 끝나기도 전에 석판이 엉망이 되고 말겠는걸.’

이렇게 생각하던 중에 배심원 하나가 끽끽 소리 나는 연필로 쓰고 있는 것을 발견했다. 앨리스는 더 이상 참을 수가 없어서 뒤로 돌아가 기회를 엿보다 잽싸게 연필을 빼앗아 버렸다. 그러나 동작이 어찌나 빨랐던지 그 가련하고 조그만 배심원은(바로 도마뱀 빌이었다.) 어찌된 영문인지도 모르고 한참 동안 연필을 찾다가 마침내 포기한 듯 손가락으로 석판을 긁적거렸다. 그렇게 한다고 해서 석판에 표시가 될 리가 없으니 정말 쓸데없는 짓이었다.

"헤럴드, 고소장을 읽어라!"

왕의 명령이 떨어졌다.

흰 토끼는 들고 있던 나팔을 힘차게 세 번 불고는 양피지 두루마리를 펴서 읽기 시작했다.

하트 여왕께서

어느 여름날 온종일

과일 파이를 구우셨지.

하트 잭, 그가 그 파이를 훔쳐

어디론가 멀리 가져갔네!

"평결하라!"

왕이 배심원들을 향해 소리쳤다.

"아직, 아직 안 됩니다! 그전에 거쳐야 할 절차들이 산더미같이 많습니다!"

흰 토끼가 기겁을 하며 왕의 말을 가로막았다.

"그 전에 거쳐야 할 절차가 있습니다. 순서대로 해야지요!"

"좋아, 첫 번째 증인을 불러라!"

왕이 다시 명령을 내리자 흰 토끼가 다시 나팔을 힘차게 세 번 불고 나서 소리쳤다.

"첫 번째 증인!"

첫 번째 증인은 모자 장수였다. 그는 한 손에는 찻잔을, 다른 한 손에는 버터 바른 빵을 들고 있었다.

"용서해 주십시오, 폐하. 이런 걸 들고 와서 죄송합니다만, 부르심을 받았을 때, 미처 티타임이 끝나지 않은 상태라서 그만……."

그러자 왕이 말했다.

"다 끝내고서나 올 일이지. 도대체 티타임은 언제부터 시작되었느냐?"

모자 장수는 겨울잠쥐의 팔짱을 끼고 이제 막 재판정에 들어선 '3월의 산토끼'를 바라보며 입을 열었다.

"제 생각으로는 3월 14일이었던 것 같습니다."

그러자 '3월의 산토끼'가 말했다.

"15일이에요."

겨울잠쥐도 끼어들었다.

"16일입니다."

“모두 적어라!”

왕이 배심원들에게 명했다. 배심원들은 석판 위에다 그들이 말한 날짜 세 개를 열심히 받아 적고는 그 숫자를 더한 뒤 합을 몇 실링 몇 페니로 환산했다.

“네 모자를 벗어라!”

왕이 모자 장수에게 명령했다.

“이건 제 모자가 아닙니다.”

모자 장수가 대답했다.

“그럼 훔친 것이렷다!”

왕이 이렇게 외치고는 배심원들을 돌아보자 그들은 얼른 그 사실을 기록했다. 그러자 모자 장수가 황급히 변명했다.

“이 모자는 팔려고 가지고 있는 겁니다. 제가 가지고 있는 건 모두 제 것이 아닙니다. 저는 모자 장수이니까요!”

여왕이 안경을 끼고 그를 째려보자 모자 장수는 얼굴이 새파랗게 질려서는 어찌할 줄 몰라 했다.

왕이 명령했다.

“증언을 시작하라. 겁낼 것 없다. 그러지 않으면 당장 목을 베어 버리겠다!”

이 말에도 모자 장수는 마음을 놓을 수 없었다. 모자 장수는 발을 이리저리 옮기면서 불안한 눈길로 여왕의 눈치를 살피다가 당황한 나머지 빵을 한 입 베어 문다는 게 그만 찻잔을 물어 뜯고 있었다.

바로 그 순간 앨리스는 뭔가 이상한 느낌이 들었다. 무슨 일인지 깨닫기까지 앨리스는 한참 어리둥절해 있었다. 그녀의 몸이 다시 커지고 있었던 것이다. 몸이 더 커지기 전에 이곳 재판정을 나가야 한다는 생각이 가장 먼저 들었다. 그러나 곧 마음을 바꿔 견딜 수 있는 데까지 견뎌 보기로 작정했다.

"제발 좀 밀지 마! 숨이 다 막힐 지경이야!"

앨리스 옆에 앉아 있던 겨울잠쥐가 투덜거렸다.

"나도 어쩔 수 없어. 내 몸이 막 커지고 있거든."

앨리스가 온순하게 말했다.

"넌 여기에서 커질 권리가 없어."

겨울잠쥐가 이번에는 제법 호통치듯 말했다. 앨리스는 지지 않았다.

"말도 안 되는 소리 하지도 마. 너도 크고 있잖아."

"그래, 하지만 난 정상적인 속도로 크고 있어. 너처럼 터무니없이 크지는 않는단 말이야."

겨울잠쥐는 이렇게 내뱉듯이 말하고는 무척 골이 난 듯 벌떡 일어나서 재판정 반대편으로 건너가 버렸다.

이러는 사이에 모자 장수에게서 눈 한번 떼지 않고 노려보던 여왕이 겨울잠쥐가 자리를 옮기자 재판정 정리에게 명을 내렸다.

"지난번 음악회에서 노래를 부른 가수들의 명단을 가져와!"

이 말을 들은 모자 장수가 어찌나 몸을 심하게 떠는지 구두가 다 벗겨져 버렸다.

"증언을 하라니까 뭘 꾸물거리고 있는 거냐? 당장 시작하지 않으면 이번엔 네가 겁에 질려 있든 아니든 간에 목을 날려 버릴 테다."

왕이 화가 나서 소리쳤다. 그러자 모자 장수가 떨리는 목소리로 대답했다.

"저를 불쌍히 여겨 주십시오, 폐하. 티타임을 시작한 것은 약 일주일 전이고, 게다가 버터 바른 빵이 점점 얇아지고……, 차가 반짝거리고…….''

"뭐가 반짝거린다고?"

"그것은 차로 시작됩니다요."

"물론 반짝거린다는 단어는 'T'로 시작되지. 날 놀릴 작정이냐? 계속해!"(영어에서 '차(tea)'와 알파벳 'T'는 발음이 같다.)

"저는 불쌍한 놈입니다요. '3월의 산토끼'가 말한 이후로 모든 게 반짝거렸고…….''

그러자 토끼가 허겁지겁 끼어들었다.

"전 그런 적이 없어요!"

"네가 그랬잖아!"

모자 장수가 목청을 높여 고집했다. 그러자 토끼가 말했다.

"전 그 사실을 부인합니다."

왕이 배심원들에게 명했다.

"토끼가 부인하니 그 부분은 삭제하라."

"글쎄올시다. 어쨌든 겨울잠쥐가 말하기를⋯⋯."

모자 장수는 겨울잠쥐마저 안 했다고 할까 봐 초조하게 뒤를 돌아다보며 말을 이었다. 하지만 겨울잠쥐는 잠에 곯아떨어져 아무것도 부정하지 않았다.

"그런 다음 전 버터 바른 빵을 조금 더 잘라⋯⋯."

모자 장수가 말을 계속하자, 배심원 하나가 말을 가로막으며 물었다.

"겨울잠쥐가 뭐라고 했습니까?"

"기억이 안 납니다."

그러자 왕이 배심원을 거들었다.

"기억해 보거라. 그러지 않으면 네 목숨이 온전치 못할 것이니라."

불쌍한 모자 장수는 들고 있던 찻잔과 빵을 떨어뜨리고는 한 쪽 무릎을 꿇었다.

"저는 불쌍한 놈이옵니다, 폐하!"

"너는 말재주까지도 지독히 형편없구나."

왕이 딱하다는 듯 혀를 찼다.

이때 기니피그 한 마리가 환호성을 지르다가 즉각 재판정 정리에게 진압당했다.(이 말만으로는 이해하기가 어려울 테니 어떻게 진압당했는지 설명해 보겠다. 정리들은 입구를 끈으로 묶게 되어 있는 마대 자루에 기니피그를 머리부터 거꾸로 처넣고는 그것을 그냥 깔고 앉았다.)

앨리스는 생각했다.

'이런 광경을 직접 보게 되어 얼마나 다행인지 몰라. 신문을 보면, '재판의 끝 무렵에 박수갈채가 터져 나왔으나 재판정 정리가 즉각 진압했다.'는 말이 자주 나오는데 이제까지 그게 무슨 뜻인지 몰랐거든.'

"그게 네가 아는 것의 전부라면 내려가도 좋다."

왕이 다시 명령을 내렸다.

"더 이상 내려갈 수가 없습니다. 여기가 바, 바닥인 걸요, 폐하."

모자 장수가 겁에 잔뜩 질려서 대답했다.

"그럼 앉도록 해라."

이번에도 또 기니피그 한 마리가 환호성을 지르다가 역시 같은 방법으로 진압당했다.

‘어머나, 저러다 기니피그 죽이겠네! 그나저나 이제 좀 나아지겠군.’

앨리스는 속으로 생각했다.

“저는 빨리 가서 티타임을 끝냈으면 하는데요…….”

모자 장수가 가수들의 명단을 들여다보고 있는 여왕을 불안한 시선으로 훔쳐보며 말했다.

“그래, 가도 좋다.”

모자 장수는 구두를 신을 생각도 못하고 걸음아 나 살려라 하고 재판정에서 뛰쳐나갔다. 왕의 말이 끝나기 무섭게 재판정 정리에게 명령하는 여왕의 목소리가 들렸다.

“밖으로 나가 저자의 목을 쳐라.”

하지만 정리가 문에 도착하기도 전에 모자 장수의 모습은 벌써 사라지고 없었다.

“다음 증인을 불러라!”

왕의 명령이 다시 내려졌다.

다음 증인은 공작 부인의 요리사였다. 요리사는 후춧가루 통을 들고 있었는데, 앨리스는 다음 증인이 재판정에 들어서기도 전에 그게 누구라는 것을 짐작할 수 있었다. 문가에 앉아 있던 자들이 일제히 재채기를 하기 시작했기 때문이다.

왕이 명령했다.

"증언을 시작하라!"

"싫습니다."

요리사가 말했다.

왕은 어찌할 줄 몰라 흰 토끼를 바라보았다. 그러자 토끼가 나직한 목소리로 귀띔해 주었다.

"폐하, 반대 신문을 하셔야죠."

"그래야 한다면 그렇게 하도록 하지."

왕은 침울한 어조로 이렇게 말하면서 팔짱을 끼고 앞이 보이지 않을 정도로 상을 잔뜩 찌푸렸다. 그런 채로 요리사를 노려보다가 심각한 어조로 물었다.

"파이는 무엇으로 만드는가?"

"대부분 후춧가루로 만듭니다."

요리사가 대답했다.

"틀렸어. 당밀로 만드는 거야."

요리사 뒤에서 잠에서 덜 깬 목소리가 들려왔다. 그러자 여왕이 날카롭게 소리를 질렀다.

"저 겨울잠쥐를 당장 체포해! 당장 목을 쳐라! 당장 재판정 밖으로 끌어내! 진압해! 꼬집어! 수염을 뽑아 버려."

재판정에서는 아직도 잠에서 덜 깬 겨울잠쥐를 끌어내느라 한동안 소동이 일었다. 겨우 잠잠해졌을 때는 요리사의 모습이 이미 사라진 뒤였다.

"상관없어. 다음 증인을 불러라."

왕은 오히려 잘됐다는 듯이 말했다.

그러고는 여왕에게 귓속말을 건넸다.

"여보, 다음 증인은 당신이 반대 신문을 하구려. 난 이런 건 골치가 아파서 딱 질색이거든."

앨리스는 명단을 부지런히 넘기고 있는 흰 토끼를 바라보며 다음 증인은 누구일까 하고 궁금해했다.

'아직 증거라고 할 만한 게 없잖아.'

이렇게 혼잣말을 중얼거리던 앨리스는 흰 토끼가 날카롭고 가느다란 목청을 한껏 높여 다음 증인의 이름을 부르자 기겁하지 않을 수 없었다. 그것은 다름 아닌 바로 자기의 이름이었던 것이다.

"앨리스."

12. 앨리스의 증언

"네."

앨리스는 뒤통수를 맞은 듯 멍한 상태로 벌떡 일어섰다. 어찌
나 놀랐던지 자신이 지난 몇 분 동안에 얼마나 커졌는지 까맣게
잊고 있었다. 그래서 벌떡 일어선 앨리스의 치맛자락이 배심원
석을 뒤집어엎는 바람에 배심원 열둘이 아래쪽 방청객들의 머
리 위로 우당탕하며 굴러떨어지고 말았다. 여기저기 엎어져서
허우적대고 있는 배심원들의 모습은 어젠가 어항을 쏟았을 때
본 금붕어들의 모습과 꼭 닮아 있었다.

"이를 어째, 정말 죄송합니다."

당황한 앨리스가 황급히 사과하며 배심원들을 허둥지둥 집

어 올려 배심원석으로 올려놓기 시작했다. 바닥에 떨어진 금붕어들을 빨리 어항 속에 집어넣지 않으면 죽는다는 생각이 언뜻 머리를 스치고 지나가면서 배심원들을 집어 올리는 앨리스의 손길이 바빠졌다.

"배심원들을 빠짐없이 제자리로 돌려놓기 전까지는 재판을 진행할 수 없다. 하나도 빠짐없이."

왕은 날카로운 눈길로 앨리스를 노려보며 위엄 있는 목소리로 말했다. 특히 마지막 '하나도 빠짐없이'란 말에는 힘이 잔뜩 실려 있었다.

앨리스는 배심원석을 바라보았다. 하도 서두르는 바람에 도마뱀을 거꾸로 처박은 게 보였다. 도마뱀 빌은 꼼짝도 할 수 없어서 애꿎은 꼬리만 처량하게 흔들어 대고 있었다. 앨리스는 도마뱀을 얼른 끄집어내어 제대로 앉히고는 중얼거렸다.

"이건 별 상관없는 일이야. 어찌됐든 재판만 제대로 되면 되는 것 아니야?"

배심원들은 조금 전의 충격에서 어느 정도 벗어나자 석판과 연필을 다시 찾아 들고 방금 일어난 사고의 내용을 부지런히 적기 시작했다. 그런데 도마뱀 빌은 사고의 충격이 너무 컸던지 입을 헤벌린 채 재판정의 천장만 올려다보고 있었다.

"이 사건에 대해 알고 있는 게 있는가?"

마침내 왕이 앨리스에게 물었다.

"아무것도 없습니다."

앨리스가 대답하자 왕이 다시 다그쳤다.

"전혀 아무것도?"

"전혀 아무것도요."

"이건 아주 중요한 일이로군!"

왕이 배심원들을 돌아보며 말했다. 그들이 그 말을 석판에 막 적어 넣으려는데 흰 토끼가 가로막았다.

"폐하의 말씀은 여러분도 잘 아시다시피 대수롭지 않다는 뜻입니다."

흰 토끼의 말씨는 공손했으나 잔뜩 인상을 찌푸리고 왕을 바라보며 말하고 있었다.

"물론 대수롭지 않다는 뜻이었지."

왕도 허둥지둥 둘러대고는 혼잣말로 중얼거렸다.

'중요하다……, 대수롭지 않다……, 중요하다……, 대수롭지 않다…….'

왕은 이느 말이 더 그럴듯하게 들리는지 알아보려는 듯했다.

앨리스는 석판이 다 넘겨다보일 정도로 배심원석 가까이에 서 있었기 때문에 그들 중의 몇은 '중요하다'고 적고, 다른 몇은 '대수롭지 않다'고 써넣는 것을 볼 수 있었다.

“아무려면 어때.”

앨리스는 자신 있게 혼잣말로 중얼거렸다.

이때 지금껏 공책에 뭔가를 열심히 적고 있던 왕이 “정숙하라!”라고 외친 다음 노트에 적은 것을 읽어 내려갔다.

“규칙 제 42조. 누구를 막론하고 키가 1,600미터 이상 되는 자는 재판정에서 떠나야 한다.”

그 순간 재판정 안의 모든 시선이 앨리스에게로 쏠렸다.

“제 키는 1,600미터가 안 되는데요.”

앨리스가 거리낄 것 없다는 투로 대답했다.

“아냐, 충분히 되고도 남아!”

왕이 억지를 부리자 여왕까지 거들고 나섰다.

“거의 3,200미터 가까이 되어 보이는걸!”

“글쎄요, 어쨌든 전 못 나가요. 게다가 그 규칙이란 것도 원래부터 있던 게 아니라 이제 막 왕께서 마음대로 꾸며 내신 거잖아요.”

앨리스가 한 치도 물러서지 않자 왕이 말했다.

“이 규칙은 이 법전에서 가장 오래된 규칙이다.”

“그렇다면 제1조가 되어야죠.”

앨리스의 대꾸에 왕은 얼굴이 새빨개져서 황급히 펴 들고 있던 노트를 덮었다.

그러고는 낮고 떨리는 목소리로 배심원들을 향해 명령했다.

"평결을 내리시오."

왕의 명령이 떨어지기 무섭게 흰 토끼가 펄쩍 뛰며 말했다.

"잠깐만요, 폐하. 아직 제출할 증거가 남아 있습니다. 방금 누군가 이 봉투를 주워 왔습니다."

그러자 여왕이 물었다.

"그 안에 무엇이 들어 있나?"

토끼가 대답했다.

"아직 열어 보진 않았습니다만, 피고가 누군가에게 보내는 편지 같습니다."

그러자 왕이 고개를 끄덕이며 말했다.

"당연히 그럴 테지. 편지를 받아 볼 사람이 없다면 그게 비정상이지, 안 그런가?"

"수신인이 누군가?"

배심원 하나가 묻자 흰 토끼가 대답했다.

"그런데 수신인이 없습니다. 사실 봉투에는 아무것도 적혀 있지 않습니다."

토끼는 봉투를 뜯어 종이를 펼쳤다.

"이건 편지가 아니라……, 시 한 편이 적힌 종이군요."

"피고가 직접 쓴 건가?"

다른 배심원이 물었다.

"아니요. 그렇지 않습니다. 바로 그게 가장 기묘한 점이군요." (배심원들은 하나같이 어리둥절한 표정을 지었다.)

흰 토끼가 대답했다. 그러자 왕이 끼어들었다.

"그렇다면 틀림없이 누군가의 글씨체를 흉내 낸 거겠지."(배심원들의 얼굴이 다시 밝아졌다.)

이들의 말을 묵묵히 듣고 있던 잭이 말문을 열었다.

"폐하, 그건 제가 쓴 게 아닙니다. 제가 썼다는 증거도 없습니다. 끝에 제 서명이 없잖습니까?"

그러자 왕은 회심의 미소를 지었다.

"끝에 서명이 없다는 게 너에겐 더 불리할 뿐이야. 뭔가 떳떳하지 못한 짓을 했기 때문에 서명을 하지 않았던 거지. 네가 정직했다면야 굳이 서명을 하지 않았을 리가 있겠느냐?"

이 말에 방청객 속에서 일제히 박수 소리가 터져 나왔다. 왕이 처음으로 그럴듯한 말을 했기 때문이다. 이때 여왕이 말했다.

"그거야말로 옴짝달싹 못할 증거로군. 자, 그러니까 어서 저자의 목을 쳐……."

"그런 게 어찌 증거가 되나요? 아직 그 시의 내용도 훑어보지 않았잖아요?"

앨리스가 여왕의 말을 가로막고 나섰다. 왕이 인상을 찡그리며 명령했다.

"그걸 읽어 보라!"

흰 토끼가 안경을 꺼내 쓰더니 왕에게 물었다.

"어디서부터 읽을까요, 폐하?"

왕이 다시 근엄한 목소리로 명했다.

"처음부터 끝까지 읽어라. 그리고 끝까지 읽고 나면 멈춰라!"

흰 토끼가 그 시를 낭송하기 시작하자 재판정은 일순간 찬물을 끼얹은 듯 조용해졌다.

    그들이 내게 말하기를

    네가 그녀와 있었던 적이 있고,

    그에게 나에 관해 이야기한 적이 있다더군.

    그녀는 나를 멋지다고 칭찬했지만

    나더러 수영을 못한다고 말했지.

    그는 그들에게 내가 가지 않았다고 전갈했고,

    (우린 그것이 사실이라는 건 알고 있지.)

    만약 그녀가 그 일을 이대로 밀어붙인다면

    그대는 과연 어떻게 될까?

    난 그녀에게 하나를, 그들은 그에게 둘을 주었네.

그대는 우리에게 셋 이상을 주었지.
그것들 모두가 그에게서 그대에게로 되돌아갔지,
예전엔 그것들 모두 내 것이었네.

혹시라도 그녀나 내가
이 사건에 우연히 말려든다면
그는 예전에 우리가 그랬듯이
그대가 그들을 자유롭게 해 주리라 믿을 거라네.

내 생각은 이러하네.
(그녀가 이번에 발작을 일으키기 전까지만 해도)
그대는 그와 우리와 그것 사이를 가로막는
장애물에 불과했다네.

그녀가 그들을 그 누구보다 좋아한다는 걸
그가 결코 알아서는 안 되네.
이것은 그 누구에게도 밝혀서는 안 될
오로지 그대와 나만의 비밀이니까.

"이것이야말로 이제껏 들어온 것 중 가장 중요한 증거로군.

그러니 이제 배심원들에게……."

왕이 두 손을 마주 비비며 말했다. 그러자 앨리스가 왕의 말을 가로챘다.

"그 누가 됐든 이 시를 제대로 설명할 사람이 있다면, 내가 지금 당장 6펜스를 드리겠어요. 자신 있게 말하지만, 그 시에는 아무 뜻도 없어요."(그녀는 앞서 몇 분 동안 아주 커졌기 때문에 왕의 말도 아무런 주저 없이 가로챌 수 있었다.)

배심원들은 그 말을 하나도 빠짐없이 석판 위에 기록하고 있었다.

"저 애는 그 시에 아무런 뜻도 없다고 믿고 있다."

그러나 아무도 그 시를 해석하겠다고 나서는 자가 없었다.

그러자 왕이 나섰다.

"만약 이 시에 아무런 뜻도 없다면 애써 찾으려 할 필요도 없겠지. 그렇다면 괜한 수고도 더는 걸 테고. 하지만 그게 아닐 수도 있지."

왕은 그 시가 적힌 종이를 무릎 위에 펼쳐 놓고 한쪽 눈으로 들여다보며 말을 이었다.

"내가 보기엔 아무래도 뭔가 뜻이 있는 것 같단 말씀이야. 가만 있자, '나더러 수영을 못한다고 말했지.'라고?"

그러면서 왕은 잭한테 고개를 돌리며 물었다.

"자네 수영 못하지? 그렇지?"

잭은 슬픈 표정으로 고개를 저으며 되물었다.

"제가 그래 보입니까?"(잭은 마분지로 되어 있어서 확실히 수영을 못했다.)

"좋아. 여기까지는."

이렇게 말한 왕은 시를 읽어 내려가며 혼잣말처럼 중얼거리기 시작했다.

"'우린 그것이 사실이라는 걸 알고 있지.'는 물론 배심원들 얘기고, '만약 그녀가 그 일을 이대로 밀어붙인다면'은 여왕을 가리키는 말이겠지. '그대는 과연 어떻게 될까?'라고? 그래, 정말 어떻게 되는 거지? '난 그녀에게 하나를, 그들은 그에게 둘을 주었네.'라고? 그래, 바로 이 구절이야. 저자가 파이를 어떻게 했다는 게 여기에 나와 있군……."

"하지만 그다음에 '그것들 모두가 그에게서 그대에게로 되돌아갔지.'라는 구절이 있잖아요?"

앨리스가 다그쳤다. 갑자기 왕은 의기양양한 목소리로 소리치며 탁자 위에 놓여 있는 파이를 가리켰다.

"맞아! 그게 저기에 있지 않느냐! 도대체 저것보다 더 분명한 증거가 어디 있겠어. 어디 보자. 그다음은 '그녀가 이번에 발작을 일으키기 전까지만 해도'군. 여보, 당신은 발작을 일으킨 적이 없잖아, 안 그래?”

왕은 여왕에게 묻고 있었다.

“절대로!”

여왕은 버럭 소리를 지르며 잉크병을 도마뱀 빌에게 냅다 집어 던졌다.(불쌍한 빌은 손가락으로 석판에 아무리 글씨를 써 봐야 소용이 없다는 걸 알고 받아 적는 일을 포기하고 있었다. 그러다가 이제는 얼굴에 맞아서 흘러내리는 잉크를 찍어 부지런히 쓰기 시작했다.)

“그렇다면 이 구절은 당신한테 들어맞지 않는군.”

왕은 얼굴 가득 미소를 지으며 재판정을 휘 둘러보았다. 쥐 죽은 듯한 침묵이 재판정을 감쌌다.

“말장난이야!”(영어로 ‘fit’는 ‘발작’이란 뜻과 ‘들어맞다, 알맞다’라는 두 가지 뜻을 가지고 있다. 왕은 이 동음이의어로 말장난을 한 것이었다.)

왕이 화난 말투로 덧붙이자 모두들 한바탕 웃음을 터뜨렸다.

“자, 이제 배심원들은 평결을 내려라!”

왕은 이제껏 스무 번도 넘게 되풀이했던 명령을 또다시 내렸다. 그 순간 여왕이 소리치며 끼어들었다.

“안 돼! 안 돼! 선고가 먼저야! 평결은 그다음이야!”

“말도 안 돼! 평결도 내리기 전에 선고를 하는 법이 세상에 어

디 있어요!"

앨리스가 꽥 하고 소리를 질렀다.

"입 닥치지 못해!"

얼굴이 벌게진 여왕이 버럭 소리를 질렀다.

"그렇게는 못 해요!"

앨리스가 지지 않고 악을 써 대자 여왕은 고래고래 고함을 질렀다.

"당장 저 애의 목을 쳐라!"

그러나 아무도 꼼짝하지 않았다.

"흥, 누가 겁낼 줄 알고? 그래 봤자 네 녀석들은 카드 한 벌에 불과해!"

앨리스가 코웃음을 치며 말했다.(이제 앨리스는 원래의 키로 되돌아와 있었다.)

그런데 그 순간 카드들이 일제히 공중으로 날아오르더니 앨리스를 공격했다. 겁도 나고 화도 나서 조그맣게 비명을 내지른 앨리스는 그것들을 막으려고 두 팔을 마구 휘젓기 시작했다.

다음 순간 앨리스는 언덕 위에서 언니의 무릎을 베고 누워 있었다. 언니는 앨리스의 얼굴에 내려앉은 낙엽들을 살며시 쓸어 내고 있었다.

언니가 말했다.

“앨리스야, 이제 그만 일어나! 웬 낮잠을 그렇게 오래도록 자니?”

“아, 너무나도 이상한 꿈을 꾸었어!”

앨리스는 여러분이 지금까지 읽은 신기한 모험 이야기를 기억나는 대로 낱낱이 언니에게 들려주었다. 앨리스가 이야기를 모두 끝마치자 언니는 앨리스에게 입을 맞추며 말했다.

“정말 이상한 꿈이로구나. 하지만 이제 차 마실 시간이야. 늦겠다. 서두르렴.”

앨리스는 자리에서 일어나 집을 향해 달리기 시작했다. 달리면서 생각했다.

‘아, 정말 멋진 꿈이었어!’

앨리스가 그곳을 떠난 후에 언니는 턱을 괴고 앉아서 뉘엿뉘엿 저무는 해를 바라보았다. 그리고 어린 앨리스와 그 애가 겪은 멋진 모험을 생각하다가 어느덧 잠이 들었다. 앨리스의 언니가 꾼 꿈은 이러했다.

먼저 어린 앨리스의 꿈을 꾸었다. 다시금 앨리스는 자그마한 두 손으로 언니의 무릎을 꽉 껴안고서 호기심으로 반짝이는 두 눈을 들어 언니의 눈을 들여다보고 있었다. 앨리스의 목소리가 바로 옆에서 생생히 들려오는 듯했고, 계속해서 눈을 찔러 대는

머리카락을 뒤로 넘기려고 이따금씩 깜찍하게 고개를 젖히는
모습도 볼 수 있었다. 가만히 귀를 기울이니 그녀 주변의 세계
가 어린 동생의 꿈속에 나타났던 그 이상한 동물들과 함께 살아
숨쉬는 듯했다.

허둥지둥 달려가는 흰 토끼의 발길에 스쳐 바스락거리는 키
큰 풀잎 소리, 놀란 생쥐가 바로 옆 웅덩이에서 철벅철벅 헤엄
치는 소리, '3월의 산토끼'와 그의 친구들이 끝없는 티 파티를
하며 찻잔을 달그락거리는 소리, 가엾은 손님들을 처형하라고
명령하는 여왕의 날카로운 고함 소리, 접시나 쟁반이 요란하게
깨지는 와중에 공작 부인의 품에 안겨 재채기를 하는 돼지 아기
의 울음소리, 그리핀의 고함 소리, 도마뱀 빌이 연필로 석판을
긁는 소리, 마대 자루 속에 갇힌 기니피그의 숨넘어가는 소리
등이 멀리서 아련히 들려오는 불쌍한 가짜 거북의 흐느낌과 뒤
섞여 주변 가득 울려 퍼지고 있었다.

언니는 눈을 감고 앉아서 자기가 아직도 그 '이상한 나라'에
있는 건 아닐까 반신반의했다. 눈을 뜨면 모든 것이 단조로운
현실로 바뀐다는 것을 언니는 알고 있었다. 풀잎은 단지 바람에
부대껴서 바스락대고 있는 것일 테고, 웅덩이의 잔물결 소리는
갈대가 서걱대는 소리로 일순간 바뀔 것이었다. 찻잔이 달그락
거리는 소리는 양 떼의 방울 소리로, 여왕의 호통 소리는 목동

의 외침 소리로, 아기의 재채기 소리와 그리핀의 외침 소리 그
리고 그 밖의 괴상한 소리들은 부산한 농장에서 들려오는 떠들
썩한 소리로 바뀔 터였다.(그녀는 알고 있었다.) 또 가짜 거북의
구슬픈 흐느낌은 멀리서 아스라이 들려오는 소들의 울음소리
로 바뀔 것이었다.

　이윽고 그녀는 지금은 이토록 작고 귀여운 동생이 세월이 흘
러 성숙한 여인이 되었을 때의 모습을 그려 보았다. 그 앨리스
가 그때까지도 지금의 소박하고도 사랑스런 마음을 지니고 있
을까, 아이들과 한자리에 둘러앉아 오래전 꿈속에서 보았던 그
이상한 나라 이야기나 갖가지 신기한 동화를 들려주며 아이들
의 눈망울을 초롱초롱 빛나게 할 수 있을까, 그리고 어린 시절
행복했던 여름날을 기억하며 아이들의 그 티 없는 슬픔을 함께
느끼고 그들의 소박한 기쁨을 함께 느낄 수 있을까 하는 생각에
한없이 젖어 들었다.

이상한 나라의 앨리스

◆ 작품 소개

루이스 캐럴의 동화

1865년 발표. 앨리스라는 소녀가 꿈속에서 토끼 굴에 떨어져 이상한 나라를 여행하면서 겪는 신기한 일들을 그린 동화이다. 작가인 루이스 캐럴(Lewis Carroll)은 영국 옥스퍼드대학교에서 수학 교수를 지낸 수학자이자 논리학자이다. 그는 한쪽 귀가 들리지 않았고, 천성적으로 수줍음이 많아 사람들과 어울리기를 싫어했다. 그러나 어린이를 좋아했고 어린이와 이야기하는 것을 즐겼다.

《이상한 나라의 앨리스》는 아는 사람의 딸인 앨리스와 앨리스의 자매 로리나, 이디스와 함께 강에 나가 놀던 중 그 자리에서 들려주었던 이야기를 글로 적은 것이다. 루이스 캐럴은 어린이를 어른에게 부속된 존재로 여기지 않고 독립된 존재로 인정하였다. 풍부하고 아름다운 상상의 세계인 이상한 나라는 어린이의 내면에 존재하는 새로운 세상이다. 그는 어린이들이 그 새로운 세상에서 무한한 상상의 날개를 펼쳐 또 다른 세상을 만들수 있기를 바랐다.

언덕 위에서 놀던 앨리스는 회중시계를 꺼내 보는 토끼를 따라 이상한 나라로 들어가게 된다. 몸이 커졌다 작아졌다 하며, 눈물 웅덩이에 빠지기도 하고 기묘한 동물들과 만나는 등 우습고 재미있는 여러 가지 사건들과 맞닥뜨린다. 담배 피우는 송충이, 입이 찢어져라 웃고 있는 체셔 고양이, 머리와 날개는 독수리 모습을 하고 몸통은 사자 모습을 한 그리핀과 같은 희한한 동물들과 이야기를 나누고 춤을 추고 이상한 나라 재판에도 참석한다. 또 안고 있던 아기가 돼지로 변하는 황당한 일도 겪고, 하트 여왕과 함께 어이없는 크로케 경기도 한다. 이상한 나라에는 기쁨도 있고 눈물도 있으며, 터무니없는 오해와 억울한 누명 등 전혀 말이 안 되는 일들이 한없이 뒤죽박죽 얽혀 있다.

앨리스_ 호기심 많고 당찬 여자아이로, 순진무구하며 겁이 없어서 이상한 나라를 용기 있게 경험하고 다닌다. 갑자기 환경이 변해도 긍정적이고 지혜롭게 대처한다.

흰 토끼_ 앨리스를 이상한 나라로 이끈 장본인으로, 늘 회중시계를 보며 바쁘게 뛰어다닌다.

도도새_ 앨리스에게 규칙도 없이 그저 달리는 것이 전부인 '코커스 경주'를 가르쳐 준다.

꼬마 빌_ 작은 도마뱀으로, 키가 갑자기 커진 앨리스 때문에 두 번이나 봉변을 당한다.

송충이_ 물담뱃대를 연신 빨아 대는 8센티미터의 거만한 벌레이다. 앨리스가 '윌리엄 신부님, 이젠 늙으셨어요'를 외우자 혹평을 하고, 앨리스에게 키를 조절하는 방법을 가르쳐 준다.

공작 부인_ 돼지 아기를 키우고 있는데, 굉장히 못생겼고 입이 험하다.

체셔 고양이_ 시간과 공간을 초월하는 존재이며, 늘 입이 찢어져라 웃고 있다.

모자 장수_ 소심하고 멍청하다. 시간과 싸워 늘 티타임인 여섯 시에 머물러 살고 있다. 속담인 '모자 장수 같은 미치광이'에서 따온 캐릭터이다.

3월의 산토끼_ 모자 장수의 친구로, 성격이 소심하다. 말이 되지 않는 이야기를 앨리스에게 들려준다. 속담인 '3월 토끼 같은 미치광이'에서 나온 캐릭터이다. 이 속담은 토끼가 발정기를 맞는 3월에 사나워지는 데서 유래했다.

정원사들_ 여왕의 장미나무를 관리하는 2, 5, 7번 카드 정원사들이다. 빨간 장미를 심어야 하는데 하얀 장미를 심어 하얀 장미에 붉은 페인트로 칠을 한다.

하트 여왕_ 카드 나라의 여왕으로 독재의 상징이다. 성질이 포악하고 잔인하여 누가 조금만 잘못을 저질러도 목을 베어 버리라고 명령한다.

그리핀_ 머리와 날개는 독수리 모습을 하고 몸통은 사자 모습을 하고 있다. 여왕의 명령을 받아 앨리스를 가짜 거북에게 데려다 준다.

가짜 거북_ 예전에는 진짜 거북이었다고 말하며 늘 구슬피 울고 있다. 그리핀과 함께 '바닷가재의 카드리유 춤' 등을 앨리스에게 가르쳐 준다.

◆ **들어가기**

훌륭한 문학 작품을 말할 때마다 사람들은 "성경 다음으로 가장 많이 읽히는 책" 운운하고 말하기 일쑤이다. 영국의 문호 윌리엄 셰익스피어의 희곡은 이러한 테두리에 들어가는 가장 대표적인 작품이다. 그런가 하면 18세기 영국 작가 존 번연이 쓴 《천로역정》을 두고도 그렇게 말하고, 또 비교적 최근에 들어와서는 미국의 여성 작가 하퍼 리가 쓴 《앵무새 죽이기》를 두고도 그렇게 말한다. 영국의 수학자이요 논리학자이며 작가인 찰스 루트위지 도지슨(1832~1898)이 '루이스 캐럴'이라는 필명으로 1865년에 발표한 작품 《이상한 나라의 앨리스》도 "성경 다음에 가장 많이 읽히는" 작품으로 자주 입에 오르내린다.

캐럴은 본디 《이상한 나라의 앨리스》를 어린이를 위한 동화로 썼지만 어른이 읽어도 전혀 손색이 없다. 단순히 어른을 위한 동화일 뿐만 아니라 더 나아가 삶에 대한 깊은 성찰을 담고 있는 철학 동화이기도 하다. 19세기에 나온 작품 가운데 가장 독창적이고 실험적인 이 작품은 문학과 문화 전반에 걸쳐 크나큰 영향을 끼쳤다. 가령 러시아 태생의 미국 작가 블라디미르 나보코프는 이 책을 러시아 어로 옮겼고, 초현실주의자들은 프랑스에서 초현실주의 꿈을 설명할 때 이 책을 교본으로 삼았다. 또한 T. S. 엘리엇, 버지니아 울프, 제임스 조이스, W. H. 오든 같은 모더니즘 계열의 시인들이나 작가들도 이 책을 즐겨 읽었다. 철저한 난센스 정신과 언어의 유희 그리고 신조어 구사는 뒷날 세계 문학에 엄청난 영향을 끼쳤다.

이웃나라 일본에서는 그동안 이 작품의 원작만 무려 100쇄 가까이 출간될 정도로 엄청난 인기를 끌었다. 앨리스 시리즈는 영화, 드라마, 오페라 등 다양한 장르로 다시 탄생하기도 하였다. 1951년 월트 디즈니에서 제작한 만화영화를 포함하여 영국의 BBC와 미국의 NBC 등 전 세계 방송국에서 30편이 넘는 드라마 시리즈를 선보였으며, 최근에는 독특한 미장센으로 유명한 팀 버튼 감독이 3D 영화로 만들어 화제를 모으기도 하였다.

◆ 작품의 배경과 내용

《이상한 나라의 앨리스》라는 작품의 원래 제목은 《앨리스가 이상한 나라에서 겪은 모험》이다. 그러나 제목을 짧게 줄려 보통 '이상한 나라의 앨리스'라고 부른다. 캐럴은 천성적으로 수줍음이 많아 사람들과 어울리기 싫어했고, 한쪽 귀도 잘 들리지 않았지만 어린이들을 좋아하고 어린이들과 이야기하는 것을 즐겨하였다. 그는 어느 날 같은 대학의 학장 딸인 앨리스와 로리나, 이디스와 함께 보트를 타고 템스 강을 거슬러 올라가며 여행을 했다. 잉글랜드 옥스퍼드 근교의 폴리 브리지에서 시작하여 그곳에서 8킬로미터쯤 떨어진 고드스토 마을까지 가는 여행이었다. 소녀들이 재미난 이야기를 들려 달라고 졸라대자 캐럴은 그 자리에서 즉흥적으로 이야기를 지어 들려주었다.

이야기를 들은 자매들은 무척 즐거워했으며 특히 마음에 들어한 앨리스는 글로 남겨 달라고 부탁했다. 마침내 캐럴은 1863년 2월《땅속 나라의 앨리스의 모험》이라는 작품을 완성하였다. 캐럴은 이듬해에 자필 사본에 삽화를 곁들여 한 권의 책으로 만들어 앨리스 리델에게 크리스마스 선물로 주었다.

캐럴은 이 원고를 단행본으로 만들면 좋겠다는 주위 사람들의 권고를 받아들여 마침내 책으로 출간하기로 마음먹었다. 그래서 원고를 좀 더 고치고 다듬은 뒤 전문 삽화가인 존 테니얼의 삽화를 추가하여 '루이스 캐럴'이란 필명으로《이상한 나라의 앨리스》를 출판하였다. 템스 강에서 즉흥적으로 이야기를 지어낸 지 3년 뒤인 1865년의 일이었다.

《이상한 나라의 앨리스》는 제목 그대로 앨리스라는 소녀가 꿈속에서 토끼 굴에 떨어져 이상한 나라로 여행하면서 겪는 신기한 모험을 그린 작품이다. 귀엽고 예쁜 소녀 앨리스는 어느 날 나무 아래 앉아서 책을 읽고 있다가 그만 잠이 들어 꿈을 꾼다. 앨리스가 있는 쪽으로 흰 토끼가 말을 하며 달려가자 앨리스도 그 흰 토끼의 뒤를 따라간다.

흰 토끼를 따라가던 엘리스는 갑자기 어떤 굴속으로 들어가게 된다. 흰 토끼를 따라가자 작은 문이 하나 나타났고, 모험을 하는 도중 엘리스는 그때그때의 형편에 맞게 몸이 커지기도 하고 작아지기도 한다. 이 밖에도 이 이상한 나라에서는 예쁘게 피어 있는 하얀 장미를 페인트로 빨갛게 칠하고 있는 트럼프 정원사, 재판을 여는 트럼프 카드들, 영원히 계속되는 이상한 다과회, 길핏하면 "저자의 목을 쳐라!"라고 명령을 내리는 여왕 등 그야말로 '이상한' 일이 많이 일어난다. 하나같이 지상의 현실세계에서는 도저히 상상도 할 수 없는 일들이 벌어진다. 이상한 무리 속에서 앨리스는 여기저기 끌려 다니다가 마침내 꿈에서 깨어나면서 현실 세계로 다시 돌아온다.

지상 세계가 이성과 합리와 현실의 세계라면 지하 세계는 패러독스와 부조리와 환상의 세계이다. 바꾸어 말하면 지상 세계가 어른들의 세계인 반면, 지하 세계는 어린들의 세계이다. 이해관계에 얽혀 있거나 사리사욕에 때 묻지 않은 어린이들의 세계에서는 무슨 일이든지 일어날 수 있다. 캐럴은 단순히 어린이들이 어른들에게 딸린 것으로 간주하지 않고 독립된 존재로 인정하였다. 기발하고 상상력이 풍부하고 신바람 나는 이상한 나라는 곧 어린이들의 창조적인 세계이다. 그는 어린이들이 그러한 창조적인 새로운 세상에서 마음껏 상상의 날개를 펼치며 어른들의 세계와는 전혀 다른 세계를 만들어 내기를 바랐다.

《이상한 나라의 앨리스》가 시간과 공간을 뛰어넘어 널리 사랑받는 이유는 전통적인 일반 동화와는 다르기 때문이다. 캐럴은 이제까지 출간된 동화들과는 전혀 다른 방식으로 사람들을 사로잡았다. 18세기 빅토리아 시대까지만 해도 동화 작가들은 착하고 아름다운 인물이 온갖 시련을 극복해 가는 과정을 보여 줌으로써 어린이들에게 도덕적 교훈이나 윤리적 메시지를 전달하려고 하였다.

그러나 캐럴은 비단 어린이들에게 꿈과 환상과 모험을 말하는 것에 그치지 않고 '이상한 나라'라는 비현실적인 공간을 빌려 현실 세계의 온갖 부조리한 일을 풍자한다. 그것은 마치 지구 밖의 인물과 사건을 다루는 공상과학 소설이 여전히 지구의 현실 세계와 맞닿아 있는 것과 같은 이치이다. 다시 말해서 앨리스가 모험을 펼치는 지하 세계는 지상 세계를 축소해 놓은 소우주에 해당한다.

예를 들어 "이거 늦겠는걸!", "어서 서둘러!", "시간이 없어!" 하고 늘 외치면서 우왕좌왕 맴돌며 어디로 가야 할지 모르는 흰 토끼는 영락없이 오늘날 시간에 쫓기며 살아가는 샐러리맨의 모습이다. 체크무늬 슈트 차림에 고장 난 회중시계를 들고 어디론가 달려가는 '안쓰러운' 인물인 토끼와 거대한 기계의 부속품처럼 스케줄에 따라 움직이는 현대 사회의 샐러리맨은 서로 닮았다. 캐럴은 '무대 위의 앨리스'라는 글에서 흰 토끼에 대해 "그는 한마디로 매우 심약하고 소심한 어른이다. 눈이 나빠 안경을 쓴 데다 목소리와 두 무릎은 가늘게 떨린다."라고 말했다.

걸핏하면 "저자의 목을 쳐라!"라고 고함지르는 여왕은 권위적인 지배자나 독재자를 상징적으로 보여 준다. 둥근 원을 그리며 빙빙 도는 코커스 경기는 인간의 어리석은 정치를 풍자하고,

여왕의 장미 정원을 관리하는 카드 정원사는 별다른 창조성이 없이 시키는 대로 일을 하는 공무원들을 비유한 것으로 볼 수 있다. 이 밖에도 캐럴은 이 작품에서 자유로운 동화 형식을 빌려 아동들의 강제적인 암기 수업 방식을 비롯한 교육 문제나 정치·사회 문제 등을 날카롭게 꼬집는다.

한편 캐럴은 앨리스가 이상한 나라에서 겪는 온갖 모험을 통하여 자신이 과연 누구인지, 또 자신이 놓여 있는 곳이 어디인지 깨달으면서 진정한 자아를 찾아가는 모습을 묘사한다. 작가는 무엇보다도 앨리스의 정신적 성장이나 각성에 초점을 맞춘다. 유난히 호기심이 많고 모험심이 강한 앨리스는 바로 유년에서 청소년으로, 동심의 세계에서 성인의 세계로 들어가는 과정을 다루는 일종의 '입문소설'이다. 앨리스가 자아 정체성을 찾는 과정은 몸집이 크고 줄어드는 현상에서 단적으로 엿볼 수 있다. 작품에서 모두 열두 번에 걸쳐 그녀는 '변용(變容)' 또는 '변태(變態)' 과정을 겪는다. 굳이 심리학자들의 이론을 들먹이지 않더라도 몸집이 작고 큰 것은 아이와 어른을 나누는 가장 기본적인 기준이다. 앨리스는 '이상한 나라'의 여러 동물을 만나면서 점차 자신의 정체성을 찾고 의젓한 어른으로 성장한다. 앨리스를 불멸의 사랑스러운 소녀로 창조한 루이스 캐럴은 "앨리스는 젊음, 진보, 활기 같은 단어를 상징한다."라고 말한 적이 있다.

루이스 캐럴의 본명은 찰스 루트위지 도지슨이다. 1832년에 영국 체셔데어스버리의 성직자 집안에서 열한 명의 자녀 중 셋째이자 장남으로 태어났다. 열한 살 때까지는 집에서 교육을 받았는데 일곱 살 때 존 번연의《천로역정》을 읽을 정도로 대단히 총명했다고 한다. 열두 살 때부터 다니게 된 리치먼드스쿨에서는 학자로서의 천재적인 재능을 인정받으며 안정적이고 행복한 나날을 보냈다. 이후 옥스퍼드대학 크라이스트처치에서 공부한 뒤 1855년 옥스퍼드 대학 수학 교수로 임명되어 그곳에서 평생을 보냈다.

뿐만 아니라 캐럴은 빅토리아 시대 유명 인사들과 아이들을 찍은 사진에서 선구적인 업적을 남긴 아마추어 사진작가이기도 하다. 1898년 원고를 마무리하던 중 길포드에서 숨을 거두었고, 교회묘지에 묻혔다.

캐럴의 대표작으로《이상한 나라의 앨리스》와 이 작품의 후속편인《거울나라의 앨리스》가 있다. 이 두 작품으로 그는 당대의 가장 유명하고도 중요한 아동 문학가가 되었다.